镜迷宫

6

大海，
满满是水，照样
承受雨点

莎士比亚十四行诗的世界

包慧怡 著

华东师范大学出版社

·上海·

目录

有些人，因为美了就冷酷骄横，
你这副模样，却也同样地横暴；
因为你知道，我对你一片痴情，
把你当作最贵重、最美丽的珍宝。

不过，真的，有人见过你，他们说，
你的脸不具备使爱叹息的力量：
我不敢大胆地断定他们说错，
虽然我暗自发誓说，他们在瞎讲。

而且，我赌咒，我这决不是骗人，
当我只念着你的容貌的时刻，
千百个叹息联袂而来作见证，
都说你的黑在我看来是绝色。

　　你一点也不黑，除了你的行径，
　　就为了这个，我想，谣言才流行。

女暴君
反情诗

Thou art as tyrannous, so as thou art,
As those whose beauties proudly make them cruel;
For well thou know'st to my dear doting heart
Thou art the fairest and most precious jewel.

Yet, in good faith, some say that thee behold,
Thy face hath not the power to make love groan;
To say they err I dare not be so bold,
Although I swear it to myself alone.

And to be sure that is not false I swear,
A thousand groans, but thinking on thy face,
One on another's neck, do witness bear
Thy black is fairest in my judgment's place.

    In nothing art thou black save in thy deeds,
    And thence this slander, as I think, proceeds.

商籁第131首与上一首"恐怖的商籁"关系密切，诗人继续聚焦于黑夫人容貌的"不美"，以及自己并不因此而减损的对她的仰慕。全诗第一节四行诗是逆向修辞的典例，诗人字面上是在谈论黑夫人在自己眼中最高级的"美"和"珍贵"（fairest, most precious），修辞的重心却落在黑夫人在众人眼中的"不美"。而尽管"你"不美，"你"在独断专横方面却与所有那些骄傲的美人毫无差别，这种"暴君般的"（tyrannous）品质历来是对自己的美貌心知肚明的美人的特权。

Thou art as tyrannous, so as thou art,

As those whose beauties proudly make them cruel;

For well thou know'st to my dear doting heart

Thou art the fairest and most precious jewel.

有些人，因为美了就冷酷骄横，

你这副模样，却也同样地横暴；

因为你知道，我对你一片痴情，

把你当作最贵重、最美丽的珍宝。

这里出现了一个历史悠久的情诗主题，即"冷酷无情的美人"（la belle dame sans merci / the merciless beauty）。在中世纪骑士罗曼司中，"冷酷无情的美人"往往是典雅爱情的女主人公，并且她越是拒绝回馈求爱者的热情，反而越能激发后者的爱，并促使求爱者为了配得上她的爱而进行一系列冒险，踏上建立功勋的征途。典雅爱情中从来不存在权力的平衡，被爱的女子作为潜在的"情妇"（mistress）和实质上的"女主人"（mistress），地位永远高于求爱的男子，后者必须在一切领域中服从前者的权威与心愿，做她的谦卑的仆从。反过来，被爱的女子也以她的美貌和美德激励着求爱的骑士，成为他自我完善之路上的力量之源和指路明灯。

到了浪漫主义时期以中世纪罗曼司为素材、被称作"中世纪化"（medievalized）或"中世纪风格"的抒情诗中，"冷酷无情的美人"却丧失了他们身为指引男性追求自我完善的"永恒女性"的功能，而是更接近异教神话中精灵和女妖的形象，以爱为名义将人引入万劫不复的迷途。基督教典雅爱情传统中对求爱的骑士"遥远的激励"不见了，无情美人的形象越来越接近"蛇蝎美人"，对一切男性投怀送抱，先诱惑后抛弃，甚至杀害。这种浪漫主义的"女暴君"形象在济慈的同名诗《无情的美人》（*La Belle Dame sans Merci*）中得到了生动的演绎，该诗中的无情美人成了典型的"致命女性"（Femma Fatale），专门将男子引诱到"仙子洞穴"中，在短暂的接吻和互动后，使之堕入再也无法醒来的噩梦：

She took me to her Elfin grot,
And there she wept and sighed full sore,
And there I shut her wild wild eyes
With kisses four.

And there she lullèd me asleep,
And there I dreamed—Ah! woe betide!—
The latest dream I ever dreamt
On the cold hill side.

I saw pale kings and princes too,
Pale warriors, death-pale were they all;
They cried— 'La Belle Dame sans Merci
Thee hath in thrall!'

I saw their starved lips in the gloam,
With horrid warning gapèd wide,
And I awoke and found me here,
On the cold hill's side.

她引我进她的仙子洞穴
在那里啜泣，哀哀嗟叹，

也是在那，我用四个吻，

合上她狂野的双眼。

在那里她诱我安然入眠，

我梦到——啊! 将降灾祸!

那是我最近做的一个梦

就在这冰冷的山坡：

我看到诸多国王，王子，

勇士，面无血色如白骨；

他们叫道——"无情的美人

已经将你囚为其奴!"

我见他们饥饿之唇大张

昏暗中预言可怕的灾祸，

我一觉醒来，发现自己

就在这冰冷的山坡。

（《无情的美人》第8—11节，王清卓 译）

莎士比亚黑夫人组诗中"无情美人"的形象介于中世纪典雅爱情中的"女主人"与浪漫主义抒情诗中的"致命女性"之间，在暴虐无度、违背诗人的意愿引诱并控制他、使他陷入悲惨境地这些方面还更接近其后的浪漫主义传统。更何况诗人知道自己对她的迷恋是违背理性和常识的，理性和常识在本诗中由"他人的口舌"（some say）来界定，而"我"没有勇气也无法去反驳这种"公共意见"，因为内心深处知道，"你"并非正统的美人，"你的脸没有能力让爱情呻吟"。

Yet, in good faith, some say that thee behold,

Thy face hath not the power to make love groan;

To say they err I dare not be so bold,

Although I swear it to myself alone.

不过，真的，有人见过你，他们说，

你的脸不具备使爱叹息的力量：

我不敢大胆地断定他们说错，

虽然我暗自发誓说，他们在瞎讲。

但是"你的脸"却有能力让"我"一想到就呻吟叹息，而且是"一千次叹息"联翩而来。这些叹息一同成为见证，说在"我的判断中"，黑色就是最美丽的色彩：

And to be sure that is not false I swear,

A thousand groans, but thinking on thy face,

One on another's neck, do witness bear

Thy black is fairest in my judgment's place.

而且，我赌咒，我这决不是骗人，

当我只念着你的容貌的时刻，

千百个叹息联袂而来作见证，

都说你的黑在我看来是绝色。

仅仅是黑夫人这种能让"我"指黑为"美"，甚至指黑为"白"（fairest），化众人的恶评为一人的盛赞的能力，就使她成了一种具有改写规则、颠覆常态能力的"女暴君"。而她对诗人的独断骄横和任性操纵，就更坐实了本诗第一行中对她本质的归纳：暴虐（tyrannous）。类似地，莎士比亚同时代最著名的诗人菲利普·西德尼爵士在他 1591 年出版的十四行诗集《爱星者与星》中，则曾于多处将阿斯特洛菲尔深陷爱情无力自拔的遭遇称作忍受"暴行"（tyranny）：

... and now, like slave born Muscovite

I call it praise to suffer tyranny.

现在，如同生来为奴的莫斯科人

我把忍受暴行称之为赞美

（第 2 首，包慧怡 译）

... or am I born a slave,

Whose neck becomes such yoke of tyranny?

……我难道天生就是奴隶

脖子变成了这暴行的轭?

（第 47 首，包慧怡 译）

被西德尼爵士称为 tyranny 的是爱情得不到回报这一普遍境遇，而莎士比亚的"女暴君"则有明确所指。在商籁第 131 首最后的对句中，诗人再一次点明，黑夫人的"黑"（至此已成了"暴行"的专属颜色）绝不仅仅指肤色或外表（外表的"黑"在诗人眼中已被转化为了"美"或者"白皙"），甚至不仅指黑夫人对诗人的忽冷忽热、专横暴虐的态度，而有更加严重的所指：

In nothing art thou black save in thy deeds,

And thence this slander, as I think, proceeds.

你一点也不黑，除了你的行径，

就为了这个，我想，谣言才流行。

这首诗中唯一被冠以真正的黑色之名的，其实只有"你"的"人品"或"品行"（deeds）。这"黑色的品行"究竟指什么，诗人会在此后的商籁中逐渐揭示。

《无情的美人》，沃特豪斯，1893 年

我爱你眼睛；你眼睛也在同情我，
知道你的心用轻蔑使我痛心，
就蒙上黑色，做了爱的哀悼者，
对我的痛苦显出了姣好的怜悯。

确实，无论是朝阳在清晨出现，
很好地配上了东方灰色的面颊，
还是阔大的黄昏星迎出傍晚，
给西方清冷的天空添一半光华，

都不如你两眼哀愁配得上你的脸：
既然悲哀使你美，就让你的心
也跟你眼睛一样，给我以哀怜，
教怜悯配上你全身的每一部分。

对了，美的本身就是黑，我赌咒，
而你的脸色以外的一切，都是丑。

Thine eyes I love, and they, as pitying me,
Knowing thy heart torment me with disdain,
Have put on black and loving mourners be,
Looking with pretty ruth upon my pain.

And truly not the morning sun of heaven
Better becomes the grey cheeks of the east,
Nor that full star that ushers in the even,
Doth half that glory to the sober west,

As those two mourning eyes become thy face:
O! let it then as well beseem thy heart
To mourn for me since mourning doth thee grace,
And suit thy pity like in every part.

   Then will I swear beauty herself is black,
   And all they foul that thy complexion lack.

商籁第 132 首继续了第一首黑夫人商籁，即商籁第
127 首中关于"黑色"何以成为美的真身的主题，只在第
127 首的第三节和对句中出现的"黑眼睛"成了现在这首
商籁的主人公，而这双眼睛的哀悼的神情中藏着美的根源。
商籁第 127 首（《黑夫人反情诗》）的最后 6 行如下：

Therefore my mistress'eyes are raven black,

Her eyes so suited, and they mourners seem

At such who, not born fair, no beauty lack,

Sland'ring creation with a false esteem:

因此，我情人的头发像乌鸦般黑，

她的眼睛也穿上了黑衣，仿佛是

在哀悼那生来不美、却打扮成美、

而用假美名侮辱了造化的人士：

Yet so they mourn becoming of their woe,

That every tongue says beauty should look so. (ll.
　　9–14)

她眼睛哀悼着他们，漾着哀思，

教每个舌头都说，美应当如此。

　　在商籁第 127 首中，黑夫人"乌鸦般黑"的黑眼睛哀

悼的对象是世上那些涂脂抹粉、东施效颦、用伪造的美"诽谤"了造化的人们。到了第 132 首中，同样的一双黑眼睛哀悼的对象却成了诗人本人，其哀悼的原因是知道黑夫人的心蔑视诗人、拒绝回馈诗人的爱情：

Thine eyes I love, and they, as pitying me,

Knowing thy heart torment me with disdain,

Have put on black and loving mourners be,

Looking with pretty ruth upon my pain.

我爱你眼睛；你眼睛也在同情我，

知道你的心用轻蔑使我痛心，

就蒙上黑色，做了爱的哀悼者，

对我的痛苦显出了姣好的怜悯。

诗人在这里建立了一种专属于"我"和"你的眼睛"的相爱关系："我爱你的眼睛"（thine eyes I love），而"你的眼睛"也是披上了黑纱的、"爱着我的哀悼者"（loving mourners）。和折磨"我"的"你的心"（thy heart）不同，这一对眼睛凝视"我的痛苦"，带着"俊俏的怜悯"（with pretty ruth）。有别于俊美青年组诗中的《"眼与心"玄学诗》以及《"眼与心之战"玄学诗》——在那些诗中，彼此为敌的是仰慕者"我"的眼睛和心灵——到了黑夫人组诗中，诗人转而将"被仰慕者"黑夫人的眼睛与心灵划入了敌对的阵营。黑夫人的心只管轻蔑和折磨，是上一首商籁（《女暴君反情诗》）中的"暴行"的实施者；黑夫人的眼睛却慈悲为怀，同情诗人的处境，而在这份怜悯中，这双带着服丧神情的黑眼睛也变得格外美丽，美得超过了旭日，也超过了晚星。

> And truly not the morning sun of heaven
> Better becomes the grey cheeks of the east,
> Nor that full star that ushers in the even,
> Doth half that glory to the sober west
> 确实，无论是朝阳在清晨出现，
> 很好地配上了东方灰色的面颊，
> 还是阔大的黄昏星迎出傍晚，
> 给西方清冷的天空添一半光华

这里的"旭日"（morning sun）显然与"哀悼的太阳"（mourning sun）构成双关，实际上，在莎士比亚的时代，这两个词的拼写经常是可互换的。比如就在本诗第 9 行中，two mourning eyes（两只哀悼的眼睛）在 1609 年四开本中原先拼作 two morning eyes，但"两只早晨的眼睛"显然不合文意，故后世编辑们一概将之修订为"哀悼"（mourning）。在第二节四行诗中，诗人说，旭日与黎明时东方天空的灰色相得益彰，而引来黑夜的金星也为黄昏时黯淡的西方天空增添荣耀，但旭日和金星分别为东方和西方所做的，都赶不上"你哀悼的眼睛"为"你的脸"所做的：它们大大增加了"你"的美丽。"满星"（full star）即晚星，也称晨星，也称赫斯佩鲁斯（Hesperus）或长庚星，也就是我们所说的金星（Venus），在莎士比亚写作的没有电灯的年代，日出和日落时分都可以用肉眼看到金星在太阳附近闪烁，日落时分尤为显著，堪称明亮或饱满（full）。横跨整个第二节的这组复杂的比较句要到第三节首行才结束：

As those two mourning eyes become thy face:
O! let it then as well beseem thy heart
To mourn for me since mourning doth thee grace,
And suit thy pity like in every part.
都不如你两眼哀愁配得上你的脸：
既然悲哀使你美，就让你的心
也跟你眼睛一样，给我以哀怜，
教怜悯配上你全身的每一部分。

我们看到诗人在本诗中的核心诉求是，请求黑夫人的心也像她的眼睛一样，怜悯他，更好地回报他的求爱。但诗人仿佛太清楚黑夫人的为人，自己的恳求若是直白地说出，就难以对黑夫人冷酷的心起作用；唯有将"为了我"包装成"为了你"——为了增加"你"的美，因为"哀悼能够使你更美"（since mourning doth thee grace）——将自己的动机转化为一个可能打动黑夫人的爱美之心的动机，诗人才有把握说服黑夫人的心。这颗心是不会像眼睛那样为了怜悯而怜悯的，她只会为了荣耀自己，为了虚荣而怜悯。仿佛这还不够，诗人在对句中继续对这颗利己主义的心发誓：怜悯"我"吧，这样"我"就会起誓，说抽象的、理念的"美"本身就是"黑色的"。只要"你的心"肯怜悯"我"，"我"就将运用诗人的特权，起誓说美之女神本人（beauty herself）也是一位"黑夫人"，并且所有"缺乏你这种肤色"的人（thy complexion lack）都要被归入美的对立面，即"丑陋"（foul）。

Then will I swear beauty herself is black,
And all they foul that thy complexion lack.
对了，美的本身就是黑，我赌咒，
而你的脸色以外的一切，都是丑。

在早期现代的传统审美中，黑皮肤从来不是美人的首要特征，故意把皮肤晒作小麦色这种人工的"黑化"还闻所未闻。对句中的 black 可以泛指一切深色皮肤，包括棕色、黄色等，比如《安东尼与克莉奥帕特拉》第一幕第五场中，埃及艳后就说自己的皮肤是"黑色"的（Think on me /That am with Phoebus amorous pinches black），而根据该剧中其他人物的评述以及史料记载，我们知道她的皮肤其实更接近"黄褐色"。商籁第132首的对句通过 black（黑色）与 lack（缺乏）之间的文字游戏，将人类简单粗暴地划分为两类：黑色的美人，以及"缺乏黑色"的丑陋之人。但这种划分是有条件的——诗人在这场修辞的讲价中说——那就是黑夫人必须让自己的心站到和眼睛同样的阵营里，去回馈他的爱。如此，他就愿意为她离经叛道，在美之女神、美的真身、理念式的美与"黑色"之间画上一个颠覆性的等号。

公元前1世纪庞贝古城壁画，黑眼睛的维纳斯
与丘比特，原型被认为是克莉奥帕特拉及其
子凯撒里亚

将那颗使我心呻吟的狠心诅咒！

那颗心使我和我朋友受了重伤；

难道教我一个人受苦还不够，

一定要我爱友也受苦，奴隶那样？

你满眼冷酷，把我从我身夺去；

你把那第二个我也狠心独占；

我已经被他、我自己和你所背弃；

这样就承受了三重三倍的苦难。

请把我的心在你的钢胸里押下，

好让我的心来保释我朋友的心；

无论谁监守我，得让我的心守护他；

你就不会在狱中对我太凶狠：

你还会凶狠的；因为，关在你胸内，

我，和我的一切，你必然要支配。

Beshrew that heart that makes my heart to groan

For that deep wound it gives my friend and me!

Is't not enough to torture me alone,

But slave to slavery my sweet'st friend must be?

Me from myself thy cruel eye hath taken,

And my next self thou harder hast engross'd:

Of him, myself, and thee I am forsaken;

A torment thrice three-fold thus to be cross'd:

Prison my heart in thy steel bosom's ward,

But then my friend's heart let my poor heart bail;

Whoe'er keeps me, let my heart be his guard;

Thou canst not then use rigour in my jail:

And yet thou wilt; for I, being pent in thee,

Perforce am thine, and all that is in me.

商籁第133首标志着黑夫人序列中最苦涩的、处理三角关系的那些诗篇的开始，这场对诗人而言具有毁灭性的情感变故，其实早在俊美青年序列的商籁第40、41、42首中，就曾若隐若现。

全诗第一节以对黑夫人的控诉开篇，诗人使用了一个温和的诅咒用词beshrew，大致可译为"该死"，相当于英文中的shame upon，或者fie upon。被诅咒的对象是"那颗心"，也就是黑夫人那颗不仅"令我的心呻吟"，还给"我的朋友和我都带去了深重的创伤"的心。诗人谴责黑夫人不仅惯用自己的"心"奴役别人，而且还贪得无厌，不放过任何困难的猎物。讽刺的是，在俊友序列中主要作为精神上的爱情发生地出现的"心"，在本诗中成了性魅力的主宰。

Beshrew that heart that makes my heart to groan

For that deep wound it gives my friend and me!

Is't not enough to torture me alone,

But slave to slavery my sweet'st friend must be?

将那颗使我心呻吟的狠心诅咒！

那颗心使我和我朋友受了重伤；

难道教我一个人受苦还不够，

一定要我爱友也受苦，奴隶那样？

苔丝狄蒙娜在《奥赛罗》第四幕第三场中，曾用 "be-shrew me" 这个词组来赌咒，为自己的清白起誓（Beshrew me, if I would do such a wrong/For the whole world, ll. 78–79）。而早在商籁第 40—42 首这组内嵌诗中，诗人就曾以俊友为呼告对象，控诉过这场带给他莫大痛苦的情变。比如商籁第 41 首提到俊友为此破坏了双重誓约：

Ay me! but yet thou mightst my seat forbear,

And chide thy beauty and thy straying youth,

Who lead thee in their riot even there

Where thou art forced to break a twofold truth: –

可是天! 你可能不侵犯我的席位，

而责备你的美和你迷路的青春，

不让它们在放荡中领着你闹是非，

迫使你去破坏双重的信约、誓盟——

Hers by thy beauty tempting her to thee,

Thine by thy beauty being false to me. (ll.9–14)

去毁她的约：你美，就把她骗到手，

去毁你的约：你美，就对我不忠厚。

实际上，在更早的商籁第 40 首中，诗人就已为黑夫人序列中的叙事作了充分铺垫。通过一种巧妙的逻辑置换，商籁第 40 首将俊友的背叛行为强行解读成了爱的表现——因为俊友太爱"我"，又无法在身体上与"我"结合，所以俊友便通过占有"我"的情妇来占有"我"：

Then, if for my love, thou my love receivest,
I cannot blame thee, for my love thou usest;
But yet be blam'd, if thou thy self deceivest
By wilful taste of what thyself refusest. (ll.5–8)
那么假如你为爱我而接受我的爱，
我不能因为你使用我的爱而怪你；
但仍要怪你，如果你欺骗起自己来，
故意去尝味你自己拒绝的东西。

为俊友的背叛所作的这番"因爱之名"的苦心开脱，在黑夫人序列中就几乎见不到了。诗人在商籁第 133 首第二节中直白地谴责黑夫人有一双摄人魂魄的"残忍的眼睛"，这双眼睛不仅勾走了"我"的心，更勾走了"我的另一个自己"即俊友，同时霸占了两个男人的心灵：

Me from myself thy cruel eye hath taken,
And my next self thou harder hast engross'd

你满眼冷酷，把我从我身夺去；

你把那第二个我也狠心独占

　　莎士比亚的全部作品中 engross 一词总共只使用过九次，通常是表示各种语境下的垄断、独占、吞噬，且都是为了一己之私。比如《温莎的风流娘儿们》第二幕第二场中，福德说自己想方设法"占尽一切机会"（engrossed opportunities to meet her）去偶遇他的意中人：

I have long loved her, and, I protest to you,
bestowed much on her; followed her with a doting
observance; engrossed opportunities to meet her;
fee'd every slight occasion that could but niggardly
give me sight of her; not only bought many presents
to give her, but have given largely to many to know
what she would have given; briefly, I have pursued
her as love hath pursued me; which hath been on the
wing of all occasions. But whatsoever I have
merited, either in my mind or, in my means, meed,
I am sure, I have received none; unless experience
be a jewel that I have purchased at an infinite
rate, and that hath taught me to say this:

'Love like a shadow flies when substance love pursues;
Pursuing that flies, and flying what pursues.' (ll.
174–90)

　我已经受得她很久了，不瞒您说，在她身上我也花过不少钱；我用一片痴心追求着她，千方百计找机会想见她一面；不但买了许多礼物送给她，并且到处花钱打听她喜欢人家送给她什么东西。总而言之，我追逐她就像爱情追逐我一样，一刻都不肯放松；可是费了这许多心思力气的结果，一点不曾得到什么报酬，偌大的代价，只换到了一段痛苦的经验，正所谓"痴人求爱，如形捕影，瞻之在前，即之已冥"。

　而商籁第133首第6行中黑夫人的眼睛去强行"占有"（engross）俊友造成的后果就是，诗人遭遇了三重的离弃：被俊友离弃（因为黑夫人占有了俊友）；被黑夫人"你"离弃（因为俊友占有了黑夫人）；同时被"我自己"离弃，因为痛失所爱。诗人也因此遭受了三乘三等于九倍的打击——这种数字游戏或许在本诗的编号（第133首）中也有所暗示。

Of him, myself, and thee I am forsaken;
A torment thrice three-fold thus to be cross'd:

我已经被他、我自己和你所背弃；

这样就承受了三重三倍的苦难。

Prison my heart in thy steel bosom's ward,

But then my friend's heart let my poor heart bail;

Whoe'er keeps me, let my heart be his guard;

Thou canst not then use rigour in my jail

请把我的心在你的钢胸里押下，

好让我的心来保释我朋友的心；

无论谁监守我，得让我的心守护他；

你就不会在狱中对我太凶狠

    本诗最后，诗人提出以自己的心作为保释金或者担保人，将俊友的心从黑夫人那里解放出来。两人的心都同时被囚禁于黑夫人"钢铁一样的胸膛的牢房内"（胸膛 bosom 是心的另一种说法），而诗人提出要用自己的心去守护俊友：如果"你"一定要囚禁什么人，请让那个人是"我"，而不是"他"。但诗人其实明白这种请求徒劳无益，因为自己没有任何筹码，既然他已完全被囚禁于黑夫人的心（或身体）中，那么他的一切——包括"另一个自己"俊友在内——自然也都是任黑夫人差遣的囚徒。

And yet thou wilt; for I, being pent in thee,

Perforce am thine, and all that is in me.

你还会凶狠的；因为，关在你胸内，

我，和我的一切，你必然要支配。

《温莎的风流娘儿们》，斯泰法诺夫（James Stephanoff），1832 年

现在，我已经承认了他是属于你，
我自己也已经抵押给你的意愿；
我愿意把自己让你没收，好教你
放出那另一个我来给我以慰安：

你却不肯放，他也不希望获释，
因为，你真贪图他，他也重感情；
他像个保人那样在契约上签了字，
为了开释我，他自己被牢牢监禁。

你想要取得你的美貌的担保，
就当了债主，把一切都去放高利贷，
我朋友为我负了债，你把他控告；
于是我失掉他，由于我无情的伤害。

　　我已经失掉他；你把他和我都占有；
　　他付了全部，我还是没得自由。

保人
反情诗

So, now I have confess'd that he is thine,
And I my self am mortgag'd to thy will,
Myself I'll forfeit, so that other mine
Thou wilt restore to be my comfort still:

But thou wilt not, nor he will not be free,
For thou art covetous, and he is kind;
He learn'd but surety-like to write for me,
Under that bond that him as fast doth bind.

The statute of thy beauty thou wilt take,
Thou usurer, that putt'st forth all to use,
And sue a friend came debtor for my sake;
So him I lose through my unkind abuse.

    Him have I lost; thou hast both him and me:
    He pays the whole, and yet am I not free.

商籁第 134 首与商籁第 133 首互为双联诗，法务、债务、典当、监狱、财政的意象（mortgage, bond, surety, sue, debtor）互相渗透，融为一体，描述的是一段冷酷无情、在商言商的三角关系，两个男人都把自己抵押或典当给了一个女人，又争相为对方做"保人"——可惜那握有当票的女人是个"放高利贷者"，不允许任何一方被"保释"。本诗虽然有情诗之名，却与俊美青年序列中谈论的那种升华灵魂的爱情无涉，我们看到的是一个充斥着折磨、性瘾、威胁和骗局的黑暗世界。

早在商籁第 42 首中诗人就明确指出，在他心中，失去俊友是比失去黑夫人更大的伤痛：

That thou hast her it is not all my grief,

And yet it may be said I loved her dearly;

That she hath thee is of my wailing chief,

A loss in love that touches me more nearly. (ll.1–4)

你把她占有了，这不是我全部的悲哀，

尽管也可以说我爱她爱得挺热烈；

她把你占有了，才使我痛哭起来，

失去了这爱情，就教我更加悲切。

这种三角关系中诗人的"偏心"到了黑夫人序列中并没

有发生变化。商籁第 133 首第 9—10 行中，诗人提出以自己的心作为保释金或者"担保人"，将俊友的心从黑夫人那里保出来，两人的心都同时被囚禁于黑夫人"钢铁一样的胸膛的牢房内"（Prison my heart in thy steel bosom's ward, /But then my friend's heart let my poor heart bail）。囚禁和保释的意象在第 134 首中得到了延续和发展。全诗以一个降白旗投降的姿势开篇，诗人"承认"俊友已经拜倒在黑夫人裙下，成为了"你的"，而诗人自己也沦为了黑夫人"心愿"的抵押品（mortgag'd to thy will）——will 一词不仅有意愿、意志之意，还可以指性器官和性欲，这个词的多义潜能会在下一首商籁中全面展开。本诗第一节中诗人说，自己放弃了赎回自己的努力，任凭自己成为黑夫人当铺里的永久财产，但求黑夫人能放过"另一个我自己"（other mine），即让俊友恢复自由。

So, now I have confess'd that he is thine,
And I my self am mortgag'd to thy will,
Myself I'll forfeit, so that other mine
Thou wilt restore to be my comfort still
现在，我已经承认了他是属于你，
我自己也已经抵押给你的意愿；
我愿意把自己让你没收，好教你

但显然这祈求未能奏效，因为双方都不愿意：黑夫人不愿放人，俊友不愿被释放；黑夫人不肯放手的原因是贪婪或"觊觎"（covetous），俊友却是因为"善良"或"心肠软"（kind）——我们再次看到诗人为俊友的背叛开脱，说俊友是为了拯救诗人于黑夫人之手，而"像保人那样"（surety-like）被迫在黑夫人的契约上签字，为了保释"我"，俊友反而把自己搭了进去。

> But thou wilt not, nor he will not be free,
> For thou art covetous, and he is kind;
> He learn'd but surety-like to write for me,
> Under that bond that him as fast doth bind.
> 你却不肯放，他也不希望获释，
> 因为，你真贪图他，他也重感情；
> 他像个保人那样在契约上签了字，
> 为了开释我，他自己被牢牢监禁。

《威尼斯商人》第四幕第一场中，鲍西娅假扮的法官说"这张契约到了期"（this bond is forfeit），指的是约定的付款已到期，必须被兑现：

Why, this bond is forfeit;

And lawfully by this the Jew may claim

A pound of flesh, to be by him cut off

Nearest the merchant's heart. Be merciful:

Take thrice thy money; bid me tear the bond. (ll. 225–29)

好，那么就应该照约处罚；根据法律，这犹太人有权要求从这商人的胸口割下一磅肉来。还是慈悲一点，把三倍原数的钱拿去，让我撕了这张约吧。

类似地，在商籁第 134 首第一节中，诗人说宁愿自己被到期兑现，被按照合同没收（forfeit），第二、第三节中又称自己和俊友都与黑夫人签了某种"契约"（bond），正是这种契约紧紧拴住了俊友，而黑夫人是个锱铢必较的高利贷者，害得俊友为了诗人而不得不负债。

The statute of thy beauty thou wilt take,

Thou usurer, that putt'st forth all to use,

And sue a friend came debtor for my sake;

So him I lose through my unkind abuse.

你想要取得你的美貌的担保，

就当了债主，把一切都去放高利贷，

我朋友为我负了债，你把他控告；

于是我失掉他，由于我无情的伤害。

虽然在献给俊友的惜时诗系列中，拒绝生育的俊友也曾被称作"不获利的高利贷者"，但强调的是"不获利"，与此处黑夫人被称作"放高利贷者"（usurer）的用意截然不同。黑夫人是作为一个一心牟利的、太过机关算尽的真正的高利贷者出现的。在莎士比亚写作时代的英国，"犹太人"和"放高利贷者"常常是近义词，没有什么比《威尼斯商人》一剧更能体现这类以偏概全的种族偏见。

黑夫人的候选人之一——在我看来也是最可能和有趣的候选人——宫廷乐师的女儿艾米莉亚·拉尼尔（Emelia Lanier）的祖上正是犹太裔，她自己出版过拉丁文标题为《万福，犹太人的王》的英文诗集，是英语世界第四个写作并正式出版的女性。[1] 她出身威尼斯的音乐世家，母亲一支的姓氏为巴萨诺，祖先从事丝绸生意的巴萨诺家族的盾形纹章是一棵桑树——拉丁文中的"摩洛斯"，也称"摩尔"，[2] 这又与"摩尔人"（莎士比亚在《奥赛罗》中正是用这个词来称呼他的主人公）构成了谐音。艾米莉亚·拉尼尔的两个堂兄第一次出现在伦敦法庭上时曾被称作"黑人"，英国人大致就是这么看待来自意大利或黎凡特地区的犹太人的。无论是在肤色还是品行上，犹太人都被他们白皮肤

1 详见本书《导论》第三部分。

2 迈克尔·伍德，《莎士比亚是谁》，第 218 页。

的盎格鲁-撒克逊同时代人归入"黑人"。即使拉尼尔家族在迁居伦敦后表面上恪守新教教规（在威尼斯他们信奉的几乎一定是罗马天主教），甚至费尽心思让新生儿接受新教洗礼，但包括艾米莉亚在内的这家人多半依然被视为犹太人的后裔，是某种变体的"摩尔人"，是潜在的"他者"和异教徒。

"犹太人"-"黑人"-"高利贷者"的人设在本诗刻画的黑夫人形象中合为一体，诗人在对句中发出了温和但直接的谴责：俊友为了保释"我"已经付出全部，"你"却并不肯释放"我"，"我"为了保释"他"甘愿被永久抵押甚至"没收"，但"你"却同样不肯释放"他"。这种贪得无厌的高利贷商人形象，使得黑夫人几乎成了莎士比亚笔下十四行诗版本的夏洛克。

Him have I lost; thou hast both him and me:
He pays the whole, and yet am I not free.
我已经失掉他；你把他和我都占有；
他付了全部，我还是没得自由。

艾米莉亚·拉尼尔肖像，疑似希利亚德
（Nicholas Hilliard）所绘，1590 年

只要女人有心愿，你就有主意，
还有额外的意欲、太多的意向；
我早已餍足了，因为我老在烦扰你，
加入了你可爱的意愿里，就这样。

你的意念广而大，你能否开恩
让我的意图在你的意念里藏一藏？
难道别人的意图你看来挺可亲，
而对于我的意图就不肯赏光？

大海，满是水，还照样承受天落雨，
给它的贮藏增加更多的水量；
你富于意欲，要扩大你的意欲，
你得把我的意图也给添加上。

别让那无情的"不"字把请求人杀死，
认诸愿为一吧，认我为其中一"意志"。

Whoever hath her wish, thou hast thy 'Will, '
And 'Will' to boot, and 'Will' in over-plus;
More than enough am I that vex'd thee still,
To thy sweet will making addition thus.

Wilt thou, whose will is large and spacious,
Not once vouchsafe to hide my will in thine?
Shall will in others seem right gracious,
And in my will no fair acceptance shine?

The sea, all water, yet receives rain still,
And in abundance addeth to his store;
So thou, being rich in 'Will, ' add to thy 'Will'
One will of mine, to make thy large will more.

    Let no unkind 'No' fair beseechers kill;
    Think all but one, and me in that one 'Will.'

在商籁第 135—136 首这组双联诗中，莎士比亚将自己作为一个语文学家和词汇大师的手艺发挥到了极致。仅仅立足于一个单词 "will"，每首诗中就编入了六七种不同的语义，并且其中的多数都有色情暗示。这两首诗虽然构思精巧，却也可以说是十四行诗系列中最迎合市民趣味、时不时近乎猥亵的作品，这与莎士比亚那些措辞高雅的诗作与剧作一样，是理解威尔与他的时代的不可或缺的一部分。

早期现代英语中，作名词的 will 一词是意志和决心，是心愿，或是渴望得到的对象；是诗人自己的名字"威廉"的昵称"威尔"，是俊友可能的名字（假如俊友的人选是威廉·赫伯特）；是情欲或肉欲，是男性生殖器的俚语（willy），甚至可以用来指女性性器官。will 当然也可以作助动词表示将要发生之事，或强调某事必然发生，或将按照某人的心愿发生。本诗第一节就为我们抖开了"心愿"一词的花样锦缎，在 1609 年的初始四开本中，诗人对他希望强调的那几个 will 作了大写或斜体的处理（后世英文编排有时用引号替代）：

Whoever hath her wish, thou hast thy 'Will, '
And 'Will' to boot, and 'Will' in over-plus;
More than enough am I that vex'd thee still,
To thy sweet will making addition thus.

只要女人有心愿，你就有主意，

还有额外的意欲、太多的意向；

我早已餍足了，因为我老在烦扰你，

加入了你可爱的意愿里，就这样。

诗人对黑夫人说，无论其他女人如何、在谁身上满足自己的愿望，"你"都有"你的威尔"（thy Will）——某个叫威廉的情人，某种无法满足的情欲，某种有待贯彻的意志，专属于"你"的性器官，等等。不仅如此，"你"还有更多额外的"威尔"，而"我"不过是在试图画蛇添足。即使我们取最委婉的一种理解，将第一节（尤其是第 1 行）中大写的 Will 解读为"心愿／愿望"，一如《坎特伯雷故事集》之《巴斯妇的故事》中抛出的核心问题——"女人最大的心愿究竟是什么"，这种"心愿"在本诗的语境中也难以全然摆脱性的双关。这种双关到了第二节变得更为露骨：

Wilt thou, whose will is large and spacious,

Not once vouchsafe to hide my will in thine?

Shall will in others seem right gracious,

And in my will no fair acceptance shine?

你的意念广而大，你能否开恩

让我的意图在你的意念里藏一藏？

难道别人的意图你看来挺可亲，

而对于我的意图就不肯赏光？

可以对"你的心愿浩瀚无比 / 为何不能让我的心愿在其中躲藏"（your vagina is wide and spacious/why can't I put my penis in it）作赤裸裸的性解读，因为 will 一词在早期现代英语中可指男女双方的性器官。而第二节后半部分的抱怨"为何别人都可以……唯独我的不可以……"更是将这些性双关上披着的面纱扯去了大半，如果为了遮羞将 will 全部直译为"心愿"，本节几乎会语句不通。迈克尔·伍德在《莎士比亚是谁》中的这番评述至今仍不过时："现代学者认为，莎士比亚时代的真正丑闻是独立甚至霸道的对女人性欲的绘本式描述。公然谈论淫欲、勃起和生殖器，赤裸裸地自我袒露、颠覆彼特拉克十四行诗传统，就算到了今天，一个重要的诗人创作这样粗俗的性欲诗歌并发表在重要报纸上，还是不会被评论家接受的。"[1]

第三节进一步彰显 will 一词的性影射，把黑夫人的 will 字面上比作了对一切雨露来之不拒的"汪洋大海"。诗人的诉求与上文基本相同：既然"你"的心愿 / 性欲 / 性器官如此宽阔无比，那多添加"我"一个又何妨？接纳"我"吧，多多益善，进一步扩充"你"的 will。早期现代诗歌史上可能没有比本节更不浪漫的求爱，也没有比本诗更不

1 迈克尔·伍德，《莎士比亚是谁》，第 352 页。

适合献给一位体面女士的情诗了：

The sea, all water, yet receives rain still,

And in abundance addeth to his store;

So thou, being rich in 'Will,' add to thy 'Will'

One will of mine, to make thy large will more.

大海，满是水，还照样承受天落雨，

给它的贮藏增加更多的水量；

你富于意欲，要扩大你的意欲，

你得把我的意图也给添加上。

耐人寻味的是，黑夫人的热门候选人之一艾米莉亚·拉尼尔也喜欢用"愿"（Will）这个词玩文字游戏。拉尼尔曾在她的一首诗中写过："如果在这里他的双手祈愿会逝去，/ 这不是我的心愿，而是神的心愿……看他的意愿，不是主的意愿……"[1]

商籁第 135 首的对句延续了前三节的逻辑，严格来说，本诗中没有明显的转折段。诗人在对句中进一步对黑夫人发起隐藏于文字游戏之中、一旦破解却直白到近乎淫秽的求爱：不要拒绝"我"，而是"把所有的 will 当作一个 Will"，让"我"有机会"栖身于那一个 Will"之中：

1 迈克尔·伍德，《莎士比亚是谁》，第 220 页。

Let no unkind 'No' fair beseechers kill;

Think all but one, and me in that one 'Will.'

别让那无情的"不"字把请求人杀死，

认诸愿为一吧，认我为其中一"意志"。

【附】

不妨对比阅读一首大约写于同时期，收入 1600 年出版的《忧郁》(*Melancholicke Humours*) 一书中的"心愿诗"，作者通常被认为是尼古拉斯·布莱顿 (Nicholas Breton)，此人对 will 一词色情内涵的运用和莎士比亚在第 135—136 首商籁中的运用一样灵活：

A Waggery

Nicholas Breton

Childrens Ahs and Womens Ohs

Doe a wondrous griefe disclose;

…

Let the child then sucke his fill,

Let the woman have her will,

All will hush was heard before,

Ah and Oh will cry no more. (11.1–2, 18–20)

滑稽诗

尼古拉斯·布莱顿

小儿嗷嗷，妇女呜呜
能显露出巨大的悲伤；
……

所以就让小儿吸饱奶水，
让妇女满足她的心愿，
之前的噪声都会归于平静，
再也没有嗷嗷呜呜的哭叫。

（包慧怡 译）

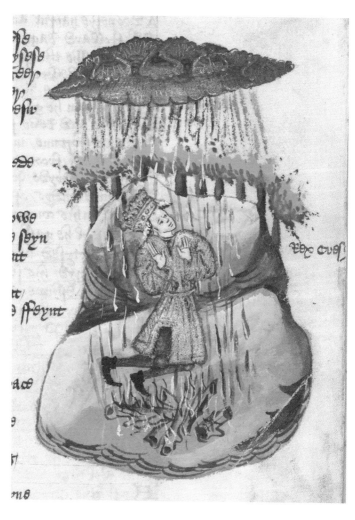

"照样承受雨点"，薄伽丘《君主的陨落》
中古英语抄本

假如你灵魂责备你，不让我接近你，
就对你瞎灵魂说我是你的威尔，
而威尔，你灵魂知道，是可以来的；
这样让我的求爱实现吧，甜人儿！

威尔将充塞你的爱的仓库，
用威尔们装满它，我这个威尔算一个，
我们容易在巨大的容量中看出，
千百个里边，一个可不算什么。

千百个里边，就让我暗底下通过吧，
虽然，我必须算一个，在你的清单里；
请你来管管不能算数的我吧，
我对你可是个甜蜜的算数的东西：

　　只消把我名儿永远当爱巴物儿；
　　你也就爱我了，因为我名叫威尔。

"威尔"
反情诗

If thy soul check thee that I come so near,

Swear to thy blind soul that I was thy 'Will',

And will, thy soul knows, is admitted there;

Thus far for love, my love-suit, sweet, fulfil.

'Will', will fulfil the treasure of thy love,

Ay, fill it full with wills, and my will one.

In things of great receipt with ease we prove

Among a number one is reckon'd none:

Then in the number let me pass untold,

Though in thy store's account I one must be;

For nothing hold me, so it please thee hold

That nothing me, a something sweet to thee:

Make but my name thy love, and love that still,

And then thou lov'st me for my name is 'Will.'

商籁第 135 首以 Will 的多重词义为基础制造了一个语义万花筒，商籁第 136 首继续向其中添加新的碎镜和花片。四开本中斜体且首字母大写的 Will 在本诗中与诗人的名字"威廉"更密切地联系在一起，直到最后一行中出现自传式的自我命名，使第一人称叙事者"我"与诗人威廉·莎士比亚第一次确凿无疑地合二为一。

　　本诗第一节像是对某种求爱受挫的具体情境的反应。诗人剖白道，如果"我"太过靠近而冒犯了"你"，使得"你"要责备自己，请记得"我"是"你的威尔"，而"你"是熟悉一切威尔的，熟悉这个词的一切内涵，接受许多的"欲望"，或许也接受过许多名叫威尔的情人。所以诗人请求黑夫人"看在爱情的份上"满足他的"心愿"：

　　If thy soul check thee that I come so near,
　　Swear to thy blind soul that I was thy 'Will',
　　And will, thy soul knows, is admitted there;
　　Thus far for love, my love-suit, sweet, fulfil.
　　假如你灵魂责备你，不让我接近你，
　　就对你瞎灵魂说我是你的威尔，
　　而威尔，你灵魂知道，是可以来的；
　　这样让我的求爱实现吧，甜人儿！

前两行的 thy soul 和 thy blind soul 中"你的灵魂"（thy soul）更确切的所指是"你的内心""你的良知"或"你的情感"。soul 这个词在莎翁这里并不总是作为"肉体"的对立面出现，也未必与精神升华或宗教救赎有关，在它最平实的用法中，thy soul 甚至可以等于 thy self（你自身）。整本十四行诗集中 soul 的相似用法还有："……在你深思的灵魂中，/ 有坦率可亲的好想头会来收藏它"（In thy soul's thought, all naked, will bestow it，第 26 首）；"终于，我的心灵使你的幻象"（Save that my soul's imaginary sight，第 27 首）；"整个灵魂，以及我全身各部"（And all my soul, and all my every part，第 62 首）；"梦想着未来事物的这大千世界的 / 预言的灵魂，或者我自己的恐惧"（Not mine own fears, nor the prophetic soul/Of the wide world dreaming on things to come，第 107 首）；"我不能离开你胸中的我的灵魂，/ 正如我也离不开自己的肉体"（As easy might I from myself depart/As from my soul which in thy breast doth lie，第 109 首）；"……你愈陷害 / 忠实的灵魂，他愈在你控制以外"（... a true soul/When most impeached stands least in thy control，第 125 首）；等等。

商籁第 136 首第二节中的论辩和商籁第 135 首几乎一模一样，也拥有同样近乎猥亵的性双关："你的爱"中既然已经充满了 will，再多添加"我"的一个 will 又算什么呢？

更何况，"我"这个本名就叫作"威尔"的人，"我"的 will（欲望、阳具、心愿）在满足"你"这件事上本来就名正言顺，很可能比旁人更加得心应手。

'Will', will fulfil the treasure of thy love,

Ay, fill it full with wills, and my will one.

In things of great receipt with ease we prove

Among a number one is reckon'd none

威尔将充塞你的爱的仓库，

用威尔们装满它，我这个威尔算一个，

我们容易在巨大的容量中看出，

千百个里边，一个可不算什么。

此处的 treasure of thy love 同时也影射女性的性器官，类似的用法在惜时诗系列中就已出现，比如在商籁第 6 首（《数理惜时诗》）第 3—4 行中，诗人劝俊美青年去找一个愿意接纳他的女性，繁衍后代："你教玉瓶生香吧；用美的宝藏 / 使福地生香吧，趁它还没有自杀。"（Make sweet some vial; treasure thou some place/With beauty's treasure, ere it be self-kill'd.）在商籁第 136 首这首充满"威尔"的求欢诗中，诗人恳请黑夫人不要拒绝自己的理由，是她看起来人所共知的滥情。第三节中诗人将自己的 will 或 willy

拟人化："请容许我混在（will 的）队伍中进去"，让"我"成为"你"的"威尔"军团的一员。"你"甚至可以把"我的威尔"（或"我这个威尔"）看作"什么都不是"（nothing），只要"你"能"握着"（hold）这微不足道的 will 而感到"甜蜜"，或把微不足道的"我"来"当作"（hold）一件甜蜜的事物：

Then in the number let me pass untold,

Though in thy store's account I one must be;

For nothing hold me, so it please thee hold

That nothing me, a something sweet to thee

千百个里边，就让我暗底下通过吧，

虽然，我必须算一个，在你的清单里；

请你来管管不能算数的我吧，

我对你可是个甜蜜的算数的东西

nothing、something 和 hold 在此都有字面之外的明显性双关，情诗写到这里已经滑入了几近滑稽的喜剧轨道。但诗人在对句中颇出人意料地要求黑夫人把自己的"名字"当作爱人，假如"你"能够始终如一地爱"我的名字"（my name），"我"就当作"你爱的是我"，因为"我的名字就是威尔"：

Make but my name thy love, and love that still,

And then thou lov'st me for my name is 'Will.'

只消把我名儿永远当爱巴物儿；

你也就爱我了，因为我名叫威尔。

是否诗人在追求黑夫人的心愿无望之后，退而求其次，只向她要求一种非排他性的性关系？对句中依然暗含对黑夫人滥情的点明：既然"你"始终爱一切 will（阳具），那么就爱同名的、叫作威尔的"我"好了，"我"会把"你"对"我的名字"及其所指的爱，当作对"我"这个人的爱来领受。

【附】

读者可以自行对照阅读写于大约半个世纪之前的、通常被归入宫廷诗人托马斯·怀亚特（Thomas Wyatt）名下的《心愿之歌》（*The Ballad of Will*），该诗见于收录了怀亚特其他诗作的哈勒昆手抄本（BM Harleian 78）。《心愿之歌》中"will"一词的性双关不如商籁第 135 首和第 136 首中那么露骨，但无疑也是一首关于情欲的诗歌，莎士比亚可能读过这首诗：

The Ballad of Will

Thomas Wyatt

I will and yet I may not,
The more it is my pain.
What thing I will, I shall not.
Wherefore my will is vain.

Will willing is in vain,
This may I right well see.
Although my will would fain,
My will it may not be.

Because I will and may not,
My will is not my own.
For lack of will I cannot,
The cause whereof I moan.

Foy! that I will and cannot
Yet still do I sustain!
Between I will and shall not
My love cannot obtain.

Thus wishers wants their will
And that they will do crave.
But they that will not will
Their will the soonest have.

Since that I will and shall not,
My will I will refrain.
Thus, for to will and will not,
Will willing is but vain.

心愿之歌

托马斯·怀亚特

我欲求，但我不能，
这就让我加倍痛苦。
我所欲求者，我不该有。
因此我的心愿就是徒劳。

欲求心愿是徒劳的，
这我可以看得一清二楚。
尽管我的欲求欣然乐意，

我的心愿却不能满足。

因为我欲求而不能至，
我的心愿就不属于我。
既然不能哀悼欲望的缺失，
我只好悲悼欲望的起源。

再会! 我欲求而不能得
但我依然坚持!
在我欲求和我不该之间
我的爱无法获胜。

因此许愿者想满足所求
一心渴盼着他们的心愿。
但那些不去欲求心愿之人
却能最快地满足心愿。

正因我欲求者我不该有，
我会抑制我的心愿。
所以，为了不会实现之欲，
欲求心愿不过是徒劳。

（包慧怡 译）

瞎眼的笨货，爱神，对我的眼珠
你作了什么，使它们视而不见？
它们认识美，也知道美在哪儿住，
可是，它们把极恶当作了至善。

假如我眼睛太偏视，目力多丧失，
停泊在人人都来停泊的海港里，
何以你还要凭我的糊涂眼造钩子，
紧紧钩住了我的心灵的判断力？

我的心，明知道那是世界的公土，
为什么还要把它当私有领地？
难道我眼睛见了这一切而说不，
偏在丑脸上安放下美的信义？

　　我的心跟眼，搞错了真实的事情，
　　现在就委身给专门骗人的疫病。

Thou blind fool, Love, what dost thou to mine eyes,

That they behold, and see not what they see?

They know what beauty is, see where it lies,

Yet what the best is take the worst to be.

If eyes, corrupt by over-partial looks,

Be anchor'd in the bay where all men ride,

Why of eyes' falsehood hast thou forged hooks,

Whereto the judgment of my heart is tied?

Why should my heart think that a several plot,

Which my heart knows the wide world's common place?

Or mine eyes, seeing this, say this is not,

To put fair truth upon so foul a face?

In things right true my heart and eyes have err'd,

And to this false plague are they now transferr'd.

与商籁第 24、46、47、93、141、148 首一样，商籁第 137 首处理"眼与心"及其功能和权限之间的辩证关系。俊美青年组诗中反复出现的视觉怀疑主义第一次在黑夫人组诗中登场，"我的眼睛"成了一种不可靠甚至骗人的官能。

　　本诗以控诉爱神开篇，爱神不仅被称为"瞎眼的"（blind），一如他在莎士比亚诸多戏剧中的形象，还被称作一个"愚人"或"小丑"（fool）。而这瞎眼的小丑却有能力让诗人变成盲人，使他的眼睛"视而不见"（see not what they see），也使诗人的眼睛所见与真实相去甚远，或是理解不了自己所看见的东西。

Thou blind fool, Love, what dost thou to mine eyes,

That they behold, and see not what they see?

They know what beauty is, see where it lies,

Yet what the best is take the worst to be.

瞎眼的笨货，爱神，对我的眼珠

你作了什么，使它们视而不见？

它们认识美，也知道美在哪儿住，

可是，它们把极恶当作了至善。

　　第一节第 4 行的语序多处颠倒，正常语序为 "Yet take

the worst to be what the best is", 明明知道"何为美, 美在何处"的眼睛, 却将最糟糕的——无论是外表还是精神——当作最好的。眼睛这样颠倒黑白的原因在于它"被偏袒的眼神腐化了", 这"偏袒"自然也是爱神所为:

If eyes, corrupt by over-partial looks,
Be anchor'd in the bay where all men ride,
Why of eyes'falsehood hast thou forged hooks,
Whereto the judgment of my heart is tied?
假如我眼睛太偏视, 目力多丧失,
停泊在人人都来停泊的海港里,
何以你还要凭我的糊涂眼造钩子,
紧紧钩住了我的心灵的判断力?

被腐化的"我的眼睛"停泊在所有男人都停泊的港湾, 我们至今仍用 lie at anchor 或者 ride at anchor 来表示船只在港湾里"抛锚", 这里的港湾暗指黑夫人的身体, all men ride 则是赤裸裸的性交词汇。诗人说黑夫人水性杨花到成了一座公用的港湾, 这直白的攻击和羞辱就算再借助反情诗之名, 恐怕也无法让该诗的致意对象高兴。但在第二节中, 诗人的直接指责对象还不是黑夫人, 也不是自己的眼睛, 而依然是第一节中的爱神, 是爱神"把眼睛的幻觉做成了钩子"（of eyes' falsehood hast thou forged hooks），勾住了"我的心"原本明智的判断力。在前八行中，"我的眼睛"和"我的心"都是爱神的受害者，诗人直接抨击的对象是爱神或爱情本身。但到了下面的六行诗（第三节四行诗加上对句）中，诗人转而将矛头指向了自己的心和眼睛本身，谴责它们缺乏判断力，颠倒美丑与善恶：

Why should my heart think that a several plot,

Which my heart knows the wide world's common place?

Or mine eyes, seeing this, say this is not,

To put fair truth upon so foul a face?

我的心，明知道那是世界的公土，

为什么还要把它当私有领地？

难道我眼睛见了这一切而说不，

偏在丑脸上安放下美的信义？

此节第 1 行中的 several plot 是下一行"全世界共用的公共地"（wide world's common place）的反义词，指被围起来的花园或农田等"私人领地"。"我的心"明知道（knows）黑夫人对男人们来者不拒，却坚持"认定"（think）她是唯独专属于"我"的情人；正如"我的眼睛"明明看得见黑夫人的丑陋和滥情（seeing this, this 可有多重指涉），却矢口否认（say this is not），拒绝承认黑夫人外表和心灵都不美，"好让这一张丑脸看起来犹如美丽的真相"。"我"的心和眼睛在认知上的"指鹿为马"是十分严重的错误（error）——动词"犯错"（to err）的词源即拉丁文动词"走错路、迷失、误入歧途"（errarer）——于是它们要付出相应的沉重代价，即对句中的：

In things right true my heart and eyes have err'd,
And to this false plague are they now transferr'd.
我的心跟眼，搞错了真实的事情，
现在就委身给专门骗人的疫病。

最后一行中的"虚妄的瘟疫"（false plague，屠译"骗人的疫病"）要请读者进行多重解读，它可以指惯于说谎的黑夫人本人（被比作一种疾病），或者指"判断错误"这种抽象的精神疫病，可以指诗人对黑夫人"虚妄的沉迷"（这种虚妄的迷恋被比作一种病），也可以在更直白的层面上指花柳等性病——本诗并不是诗人第一次暗示生性风流的黑夫人把某种性病传给了自己。无论是哪种情况，比起俊美青年序列中时常敌对的眼与心，本诗中"我"的眼与心可以说又站到了同一阵营：同样被情欲欺瞒和操纵，并且作为认知的重要官能（眼睛主外，心灵主内），两者同样失去了明辨美丑、真假、是非的能力。

在指责爱神给眼睛带来的错觉，使"我"失去明察秋毫的目光方面，整个黑夫人组诗中最接近商籁第137首的是商籁第144首，这两首诗也有极其相似的核心论证，适合放在一起对照阅读。

【附】

不妨参照阅读比莎士比亚早一代的宫廷爱情诗人托马斯·怀亚特的短诗《直接回答是或者不的女士》，此诗大约写于1528—1536年。怀亚特诗中的女主人公同样是一名更换男伴如流水的致命女性，而诗人同样诉诸这位女士的怜悯来求爱。与莎士比亚的黑夫人组诗不同的是，怀亚特的叙事者"我"在诗末表现出了一种现实中的或者希望中的达观：明白地回答"我"吧，给个准信，如果答案是肯定的，"我"自然巴望不得；如果答案是否定的，"你"就去另寻新欢吧，而"我"将停止爱"你"，"不再做你的男人，只做我自己"。

The Lady to Answer Directly with Yea or Nay

Thomas Wyatt

Madam, withouten many words,

Once I am sure you will, or no:

And if you will, then leave your bourds,

And use your wit, and shew it so,

And, with a beck you shall me call;

And if of one, that burneth alway,

Ye have any pity at all,

Answer him fair, with yea or nay.

If it be yea, I shall be fain;

If it be nay— friends, as before;

You shall another man obtain,

And I mine own, and yours no more.

直接回答是或者不的女士

托马斯·怀亚特

女士，别费太多唇舌，

让我立刻知道你愿意，或者不：

若你愿意，就离开你的闺房，

运用你的机智，将它展现，

然后我就会随时为你待命；

如果对一个情思焚身的人，

你还抱有一丝怜悯，

那就请明白地回答他，是或者不。

若答案是肯定的，我会欣喜不已；

若答案是否定的，我们还是朋友；

你将得到另一个男人，而我将

不再做你的男人，只做我自己。

（包慧怡 译）

盲眼的丘比特，15世纪法国手稿

我爱人起誓，说她浑身是忠实，
我真相信她，尽管我知道她撒谎；
使她以为我是个懵懂的小伙子，
不懂得世界上各种骗人的勾当。

于是，我就假想她以为我年轻，
虽然她知道我已经度过了盛年，
我痴心信赖着她那滥嚼的舌根；
这样，单纯的真实就两边都隐瞒。

但是为什么她不说她并不真诚？
为什么我又不说我已经年迈？
呵！爱的好外衣是看来信任，
爱人老了又不爱把年龄算出来：

　　所以，是我骗了她，她也骗了我。
　　我们的缺陷就互相用好话瞒过。

When my love swears that she is made of truth,
I do believe her though I know she lies,
That she might think me some untutor'd youth,
Unlearned in the world's false subtleties.

Thus vainly thinking that she thinks me young,
Although she knows my days are past the best,
Simply I credit her false-speaking tongue:
On both sides thus is simple truth suppressed:

But wherefore says she not she is unjust?
And wherefore say not I that I am old?
O! love's best habit is in seeming trust,
And age in love, loves not to have years told:

    Therefore I lie with her, and she with me,
    And in our faults by lies we flatter'd be.

商籁第 138 首起于怨诉，终于精神胜利式的自我安慰。诗人刻画了自己和黑夫人这一对为了维护关系而逃避甚至扭曲真相的"谎言家"形象。

商籁第 137 首的第三节写道，在与黑夫人的关系中，诗人的眼睛与心灵都习惯于对自己撒谎：

Why should my heart think that a several plot,
Which my heart knows the wide world's common place?
Or mine eyes, seeing this, say this is not,
To put fair truth upon so foul a face?

我的心，明知道那是世界的公土，

为什么还要把它当私有领地？

难道我眼睛见了这一切而说不，

偏在丑脸上安放下美的信义？

第 138 首进一步处理真相与谎言之间的辩证关系。只不过在这首诗中，男女双方在撒谎这件事上是共谋关系，一个撒谎，一个假装不知道对方撒谎，如此互不戳穿，关系就能得以续存：

When my love swears that she is made of truth,
I do believe her though I know she lies,

That she might think me some untutor'd youth,

Unlearned in the world's false subtleties.

我爱人起誓，说她浑身是忠实，

我真相信她，尽管我知道她撒谎；

使她以为我是个懵懂的小伙子，

不懂得世界上各种骗人的勾当。

第一节中诗人自述，当"我的爱人"起誓说她浑身是忠实，"我"相信她，尽管明知她撒谎，这样她就能以为"我"是个懵懂的小伙子，是情场上青涩的新手。诗人在此置换了概念，通过在黑夫人面前维持一个心理上毛头小伙的形象，他似乎可以指望在生理上也被当作稚嫩少年。尽管第二节伊始他便点出，这不过是他单方面的期许，是一种"徒劳的想象"，黑夫人并不至于傻到看不出这种偷换概念的伎俩：

Thus vainly thinking that she thinks me young,

Although she knows my days are past the best,

Simply I credit her false-speaking tongue:

On both sides thus is simple truth suppressed

于是，我就假想她以为我年轻，

虽然她知道我已经度过了盛年，

我痴心信赖着她那滥嚼的舌根;

这样, 单纯的真实就两边都隐瞒。

诗人说自己幻想黑夫人以为"我"年轻,"虽然她明知我已经度过了盛年", 正如诗人并不相信黑夫人嘴上说的对诗人的"一片赤诚"或"浑身是忠实"(made of truth), 却还是装作深信不疑,黑夫人对诗人的真实年龄也一清二楚, 却不去拆穿诗人。诗人用 simple 这个词的双关玩了一把文字游戏:双方都在装傻(simply), 双方都藏起了本应简单的真相(simple truth), 这简单的真相就是——诗人老了, 而黑夫人不忠。

But wherefore says she not she is unjust?

And wherefore say not I that I am old?

O! love's best habit is in seeming trust,

And age in love, loves not to have years told

但是为什么她不说她并不真诚?

为什么我又不说我已经年迈?

呵! 爱的好外衣是看来信任,

爱人老了又不爱把年龄算出来

两个 wherefore("为什么", 相当于 why、for what)引

出了诗人对双方撒谎动机的审查：为什么黑夫人不肯直说她并不忠诚？为什么"我"不肯直陈自己的老迈？第11—12行中出现了箴言式的回答，也是一种"谚语式转折"（proverbial volta）：因为爱情的习惯是表面的、"看起来的信任"（seeming trust），而年迈的爱人（age in love）不爱（loves not）把年龄说出口。habit（习惯）这个词来自拉丁文 *habitus*（*habeo*，"我占有"的被动态完成时），到了古法语和中古英语中则作为动词表示"穿衣服"（to habit oneself），在早期现代英语中则可以作名词表示"衣服""外衣""外套"，所以此句一语双关，也可以译作"爱情最美的外衣是表面的信任"。对句点题并继续使用双关，这次的双关词是"lie"：

Therefore I lie with her, and she with me,

And in our faults by lies we flatter'd be.

所以，是我骗了她，她也骗了我。

我们的缺陷就互相用好话瞒过。

"我骗了她，她也骗了我"，同时"我躺在她身边，她也躺在我身边"，"我们"两个躺在彼此的怀里，却同时又在互相欺骗，"我们用各自的缺陷来奉承彼此"。谎言是维系诗人和黑夫人之间情人关系的关键，这样世故和圆滑的相处之道在俊美青年序列中是找不到的。诗人笔下这对（包括他自己在内）说谎家所居住的是一个天真逝去之后的经验世界，在这个完美爱情的理想早已不复存在的堕落的世界中，人情练达是必要的，情感关系中适度的欺瞒、适度的谎言是必要的，谎言可以声称自己是善意的、白色的（white lie）。而承认不再年轻的自己所居住的正是、只能是这个经验的世界，才是此诗的自白中最为苦涩的部分。

呵，别教我来原谅你的过错，
原谅你使我痛心的残酷，冷淡；
用舌头害我，可别用眼睛害我；
使出力量来，杀我可别耍手段。

告诉我你爱别人；但是，亲爱的，
别在我面前把眼睛溜向一旁。
你何必耍手段害我，既然我的
防御力对你的魔力防不胜防？

让我来袒护你：啊！我情人挺明白
我的仇敌就是她可爱的目光；
她于是把它们从我的脸上挪开，
把它们害人的毒箭射向他方：

　　可是别；我快要死了，请你用双目
　　一下子杀死我，把我的痛苦解除。

O! call not me to justify the wrong

That thy unkindness lays upon my heart;

Wound me not with thine eye, but with thy tongue:

Use power with power, and slay me not by art,

Tell me thou lov'st elsewhere; but in my sight,

Dear heart, forbear to glance thine eye aside:

What need'st thou wound with cunning, when thy might

Is more than my o'erpress'd defence can bide?

Let me excuse thee: ah! my love well knows

Her pretty looks have been mine enemies;

And therefore from my face she turns my foes,

That they elsewhere might dart their injuries:

    Yet do not so; but since I am near slain,

    Kill me outright with looks, and rid my pain.

商籁第 139 首是典型 8+6 结构的十四行诗，诗人在八行诗（octave）中控诉黑夫人的残忍，又在六行诗（sestet）中为她辩护，刻画了一个用目光杀人的、美杜莎式的"致命女性"（femme fatale）形象。

与俊美青年一样，黑夫人在与诗人的关系中并不专情，而是有众多其他的情人或仰慕者。诗人在第一节中称这种不忠为"残忍"（unkindenss），告诉黑夫人不要指望自己为她辩护，并进一步请求她"不要用你的眼睛伤害我，而是用你的舌头"：

O! call not me to justify the wrong
That thy unkindness lays upon my heart;
Wound me not with thine eye, but with thy tongue:
Use power with power, and slay me not by art
呵，别教我来原谅你的过错，
原谅你使我痛心的残酷，冷淡；
用舌头害我，可别用眼睛害我；
使出力量来，杀我可别耍手段。

"我"要求黑夫人用话语直白地告诉自己，说自己另有所钟，"舌头"或话语的力量是诗人所熟悉的，也是他自信能承受的"力量"，即第 4 行中说的"用强力对付强力"

1361

（Use power with power）。诗人恳请黑夫人大发慈悲，将背叛直言告知，而不要弄虚作假，用谎言或者"技艺"去杀死他（slay me not by art）。按照第一节的交叉结构，正如代表直言相告之能力（power）的器官是舌头，代表虚情假意的技艺或伎俩（art）的器官是眼睛，诗人祈求黑夫人不要动用这种致命的武器来伤害自己。

Tell me thou lov'st elsewhere; but in my sight,

Dear heart, forbear to glance thine eye aside:

What need'st thou wound with cunning, when thy
    might

Is more than my o'erpress'd defence can bide?

告诉我你爱别人；但是，亲爱的，

别在我面前把眼睛溜向一旁。

你何必耍手段害我，既然我的

防御力对你的魔力防不胜防？

在第二节中，诗人使用 forbear 这个表示否定的祈使动词（不要做，克制做，refrain from doing sth.），请黑夫人不要当着自己的面用目光打量别处，即别的情人（forbear to glance thine eye aside）。构成悖论的是，如果黑夫人的眼睛如第一节中所描述的那样，是虚情假意的感官，那么眼睛的伎俩（art）恰恰应该是假装只专注看着诗人，即使心早已不在诗人身上，而不是如第二节中诗人所控诉的，当着他的面张望别的情人。第二节后半部分再次将眼睛划入"狡猾"（cunning）的阵营，根据同一种交叉结构的逻辑，被归入"力量"（might）阵营的则是舌头所具有的直言相告的力量。既然把"你"的背叛直言相告就足以击溃"我"，何必再使用狡猾的心机？但当面（而不是背地）看向其他情人的"目光"与"心机"之间的矛盾，在本诗中始终没有得到自洽的解决方案。在作为转折段的第三节中，诗人背叛了自己在第一节中拒绝为黑夫人申辩的宣称，反而主动要求为她"脱罪"。

Let me excuse thee: ah! my love well knows

Her pretty looks have been mine enemies;

And therefore from my face she turns my foes,

That they elsewhere might dart their injuries

让我来袒护你：啊！我情人挺明白

我的仇敌就是她可爱的目光；

她于是把它们从我的脸上挪开，

把它们害人的毒箭射向他方

诗人为黑夫人辩护说，恰恰因为她知道自己动人的目光可以"杀人"，是"我的敌人"，因此才把眼睛转向别处，去伤害除"我"之外的情人，由此强行将黑夫人的朝三暮四和背叛阐释成了爱自己的表现。尤为值得我们注意的是诗人对视觉过程的触觉性的表现，情人的目光被比作"毒箭"，可以被投掷出去，对目光所落之人造成生理性的伤害（dart their injuries）。我们在商籁第 45 首（《元素玄学诗·下》）中曾提及，在中世纪乃至文艺复兴早期对感官的普遍认知中，有别于现代感官论的首要一点，在于感受过程的"双向性"，感官不仅是信息的被动接收器，同时还是发射端。这种双向性在视觉中表现得最为直接：我们的目光能够改变我们所观看的事物的属性，目光甚至具有"触觉性"，能够在物理意义上改变、"伤害"甚至"杀死"被观看的对象。关于这种"触觉性视觉"的表述见于一大批中古英语／古法语的情色表述中，比如"飞镖般伤人的一瞥""使人死亡的甜蜜目光""勾人的邪眼""毒药般致死的目光"等词组，层出不穷。骑士罗曼司中，被禁闭在高塔或城堡中的女性的目光常被描述为"致命"的，能使与之对视的男子为爱疯狂，甘愿为这目光的女主人赴汤蹈火。中世纪英语骑士文学之父托马斯·马洛礼（Thomas Malory）在《亚瑟王之死》（*Le Morte d'Arthur*）中对此有大量生动的描述。

根据这种"目光杀人"的逻辑，诗人在六行诗的转折中最后插入了第二重转折。对句中，他向黑夫人的祈求再次发生转变，这一次，诗人求黑夫人不要因为怜惜自己而看向别处，不要不忍心用目光伤害他，而是干脆用目光杀死自己，让他一了百了地从爱情的痛苦中解脱：

Yet do not so; but since I am near slain,

Kill me outright with looks, and rid my pain.

可是别；我快要死了，请你用双目

一下子杀死我，把我的痛苦解除。

莎士比亚在对句里并不隐晦地将黑夫人比作希腊神话中的蛇发女妖戈耳工三姐妹：凡看见她们眼睛的人都会变成石头，其中最小的女妖美杜莎被英雄珀尔修斯斩杀，后者将其头颅献给了雅典娜，镶嵌在雅典娜的神盾中。然而在黑夫人组诗的世界里没有勇武的英雄，也没有机敏的女神，只有惯于用眼神去诱惑和杀戮的"致命女性"黑夫人，以及心甘情愿在她的目光中死去的苦情的叙事者。

珀尔修斯手持美杜莎的头，切利尼（Benvenuto Cellini），1554 年

你既然冷酷，就该聪明些；别显露
过多的轻蔑来压迫我缄口的忍耐；
不然，悲哀会借给我口舌，来说出
没人同情我——这种痛苦的情况来。

假如我能把智慧教给你，这就好：
尽管不爱我，你也要对我说爱；
正像暴躁的病人，死期快到，
只希望医生对他说，他会好得快；

因为，假如我绝望了，我就会疯狂，
疯狂了，我就会把你的坏话乱讲：
如今这恶意的世界坏成了这样，
疯了的耳朵会相信疯狂的诽谤。

　　要我不乱说你，不疯，你的目光
　　就得直射，尽管你的心在远方。

威胁
反情诗

Be wise as thou art cruel; do not press
My tongue-tied patience with too much disdain;
Lest sorrow lend me words, and words express
The manner of my pity-wanting pain.

If I might teach thee wit, better it were,
Though not to love, yet, love to tell me so; –
As testy sick men, when their deaths be near,
No news but health from their physicians know; –

For, if I should despair, I should grow mad,
And in my madness might speak ill of thee;
Now this ill-wresting world is grown so bad,
Mad slanderers by mad ears believed be.

   That I may not be so, nor thou belied,
   Bear thine eyes straight, though thy proud heart go wide.

商籁第 140 首延续了前一首商籁的主题，同样聚焦于黑夫人的"残忍"，同样是怨歌（plaint）的基调，却掺入了另一种有力的言语行为——"威胁"（blackmailing）。诗人"威胁"黑夫人说，不要逼人太甚，以免他在绝望中变得疯狂，去满世界散布黑夫人的恶名。

　　在商籁第 139 首中，诗人提到过，"舌头"或语言是自己熟悉的力量，他因此要求黑夫人同样以坦诚相告的舌头来与自己对阵，而不要用玩弄心计的眼睛："用舌头害我，可别用眼睛害我；/ 使出力量来，杀我可别耍手段。"（Wound me not with thine eye, but with thy tongue: /Use power with power, and slay me not by art）

　　紧接前一首诗，在商籁第 140 首的第一节中，诗人就深入拓展了这一子题，强调自己是出于耐心和坚忍才管住自己的舌头，"一言不发"，但如果黑夫人太过蔑视诗人的忍耐，诗人就要让悲伤借给自己滔滔不绝的言辞，再也不克制语言的力量，用语言来控诉自己所承受的"不被怜悯的痛苦"：

Be wise as thou art cruel; do not press
My tongue-tied patience with too much disdain;
Lest sorrow lend me words, and words express
The manner of my pity-wanting pain.

你既然冷酷，就该聪明些；别显露
过多的轻蔑来压迫我缄口的忍耐；
不然，悲哀会借给我口舌，来说出
没人同情我——这种痛苦的情况来。

　　第二节中，诗人的语气依然强硬，如同第一节中他叫
黑夫人"放聪明"，此处诗人则自命为黑夫人的导师，宣
称要"教给你智慧"。但这所谓的"智慧"的本质却口是
心非、自欺欺人：说"你"爱"我"吧，即使这不是真
的；就如垂死的病人只爱从医生那里听到健康痊愈的消息，
"你"不妨用虚情假意的甜言蜜语让"我"好受些，因为这
对双方都有好处。

If I might teach thee wit, better it were,
Though not to love, yet, love to tell me so; –
As testy sick men, when their deaths be near,
No news but health from their physicians know
假如我能把智慧教给你，这就好：
尽管不爱我，你也要对我说爱；
正像暴躁的病人，死期快到，
只希望医生对他说，他会好得快

在第三节四行诗中，诗人向黑夫人具体解释了她应该好好安抚诗人的原因：正是因为黑夫人此前太过残忍，以至于诗人快要被推向绝望的边缘，濒临疯狂，而诗人一旦疯狂，就会口不择言地向世人控诉黑夫人，说尽她的坏话，求爱的言辞到这里已经转化为了几近可鄙的威胁。仿佛还担心黑夫人不以为意，"我"在第三节后半部分中进一步强调，这个世界已经世风日下，以至于疯人的疯话都有人相信，言外之意则是，更何况"我"对"你"的控诉并非空穴来风，"你"确实一直用"你"的水性杨花折磨着包括"我"在内的众多男子。

For, if I should despair, I should grow mad,

And in my madness might speak ill of thee;

Now this ill-wresting world is grown so bad,

Mad slanderers by mad ears believed be.

因为，假如我绝望了，我就会疯狂，

疯狂了，我就会把你的坏话乱讲：

如今这恶意的世界坏成了这样，

疯了的耳朵会相信疯狂的诽谤。

对句中的言语行为又从"威胁"转为了"诱导"：请不要给"我"机会说"你"坏话，不要不顾惜自己的名声。就算"你"的心早已浪游四方，至少在"我"面前端正"你的视线"（thine eyes），不要让眼睛也浪游。讽刺的是，诗人对付黑夫人不忠的解决方案竟是"以假打假"："我"知道"你"不专情，但至少在"我"面前把戏演好吧，至少给"我"这份虚假的慰藉。

That I may not be so, nor thou belied,

Bear thine eyes straight, though thy proud heart go
  wide.

要我不乱说你，不疯，你的目光

就得直射，尽管你的心在远方。

本诗也可以看作对商籁第 138 首（《说谎家反情诗》）的补充：对一个从来就不"真实 / 忠诚"（两者都可以用 true 表示）的情妇而言，要维持这段关系，适度的谎言被判定为对双方都是必要的。

说实话，我并不用我的眼睛来爱你，

我眼见千差万错在你的身上；

我的心却爱着眼睛轻视的东西，

我的心溺爱你，不睬见到的景象。

我耳朵不爱听你舌头唱出的歌曲；

我的触觉（虽想要粗劣的抚慰），

和我的味觉，嗅觉，都不愿前去

出席你个人任何感官的宴会：

可是，我的五智或五官都不能

说服我这颗痴心不来侍奉你，

我的心不再支配我这个人影，

甘愿做侍奉你骄傲的心的奴隶：

　　我只得这样想：遭了灾，好处也有，

　　她使我犯了罪，等于是教我苦修。

In faith I do not love thee with mine eyes,

For they in thee a thousand errors note;

But 'tis my heart that loves what they despise,

Who, in despite of view, is pleased to dote.

Nor are mine ears with thy tongue's tune delighted;

Nor tender feeling, to base touches prone,

Nor taste, nor smell, desire to be invited

To any sensual feast with thee alone:

But my five wits nor my five senses can

Dissuade one foolish heart from serving thee,

Who leaves unsway'd the likeness of a man,

Thy proud heart's slave and vassal wretch to be:

    Only my plague thus far I count my gain,

    That she that makes me sin awards me pain.

商籁第 141 首与商籁第 130 首(《"恐怖"反情诗》)有异曲同工之处:诗人否认了黑夫人在视觉、听觉、嗅觉、味觉、触觉上能够提供的任何吸引力,说自己对她的情感全然不基于五种感官的快乐。"感官的宴席"(Banquet of the Senses)是莎士比亚从奥维德继承来的一个文学子题,在献给俊美青年的商籁第 47 首中,诗人曾说自己的心受到眼睛的邀请,两者一起在"爱人的形象"这一丰盛的宴席上大快朵颐,"我眼睛就马上大嚼你的肖像 / 并邀请心来分享这彩画的饮宴"(With my love's picture then my eye doth feast/And to the painted banquet bids my heart)。在叙事长诗《维纳斯与阿多尼斯》中,莎士比亚也为维纳斯设计了一段精彩的"感官宴席"告白,女神盛赞美少年在外表、声音、体香等方面的完美,说自己哪怕只剩五官中的一种,也不妨碍她对阿多尼斯产生强烈的爱情:

> 假设说,我只有两只耳朵,却没有眼睛,
> 那你内在的美,我目虽不见,耳却能听。
> 若我两耳聋,那你外表的美,如能看清,
> 也照样能把我一切感受的器官打动。
> 如果我也无耳、也无目,只有触觉还余剩,
> 那我只凭触觉,也要对你产生热烈的爱情。
> 再假设,我连触觉也全都失去了功能,

听也听不见，摸也摸不着，看也看不清，

单单剩下嗅觉一种，孤独地把职务行，

那我对你，仍旧一样要有强烈的爱情。

因你的脸发秀挺英，霞蔚云蒸，华升精腾，

有芬芳气息喷涌，叫人嗅着，爱情油然生。

但你对这四种感官，既这样抚养滋息，

那你对于味觉，该是怎样的华筵盛席？

它们难道不想要客无散日，杯无空时？

难道不想要"疑虑"，用双簧锁把门锁起，

好叫"嫉妒"，那不受欢迎、爱闹脾气的东西，

别偷偷地溜了进来，搅扰了它们的宴集？

（张谷若 译）

　　商籁第 141 首却是以上两例"感官宴席"描写的反例：诗人说他并不喜欢自己的眼睛、耳朵、手、舌头和鼻子在黑夫人身上感受到的一切，但依然难以理喻也不可抑制地被她吸引。其中第一节可以看作献给俊友的商籁第 46—47 首（《"眼与心之战"玄学诗》）的变体：诗人的眼睛与心灵为了争睹俊友的芳容而殊死作战；而在黑夫人这里，诗人的眼与心进行的却是审美与情感之战——"眼睛鄙视的，心灵却钟爱"。

In faith I do not love thee with mine eyes,

For they in thee a thousand errors note;

But 'tis my heart that loves what they despise,

Who, in despite of view, is pleased to dote.

说实话，我并不用我的眼睛来爱你，

我眼见千差万错在你的身上；

我的心却爱着眼睛轻视的东西，

我的心溺爱你，不睬见到的景象。

第二节中，诗人进而说他的耳朵不喜欢黑夫人的嗓音，甚至连触觉、味觉、嗅觉都并不渴望被黑夫人邀请，去她身上赴感官的盛宴——换言之，根本没有盛宴可言。根据商籁第 130 首和其他黑夫人组诗的描述，她很可能口气并不清新，甚至皮肤粗糙，无法提供一般意义上的感官愉悦：

Nor are mine ears with thy tongue's tune delighted;

Nor tender feeling, to base touches prone,

Nor taste, nor smell, desire to be invited

To any sensual feast with thee alone

我耳朵不爱听你舌头唱出的歌曲；

我的触觉（虽想要粗劣的抚慰），

和我的味觉，嗅觉，都不愿前去

第三节中，诗人说自己的"五智或五官"都不能劝说"一颗痴爱的心"（one foolish heart）不去侍奉黑夫人，这是一比十的胜利。需要注意的是，在之前的十四行诗中，莎士比亚都是用 five wits 来表示 five senses，也就是通常说的"五官"，而此处诗人在"五官"外另外列出"五智"，则是继承了更古老的中世纪感官论"内外两分"的传统。我们通常说的视觉、听觉、嗅觉、味觉、触觉这五官，在中世纪时被并称为"外感官"（external senses/wits），以对应于想象、判断、认知、记忆、常识这五种"内感官"（internal senses/wits），这种感官的内外两分在文艺复兴时期依旧盛行。当 five wits 不作为 five senses 的可替换的近义词，而是作为与"外感官"并举的对应概念出现时，它们指的就是"内感官"（internal senses 或 inner wits）。诗人在此强调，即使自己的五官，与判断力等五种内感官（即"五智"）联手，这十位合力也战胜不了"心"一个人的力量，因为这颗痴心偏爱着黑夫人，非要去做黑夫人那颗"骄傲的心"的"可怜的奴隶和附庸"：

But my five wits nor my five senses can

Dissuade one foolish heart from serving thee,

Who leaves unsway'd the likeness of a man,

Thy proud heart's slave and vassal wretch to be

可是，我的五智或五官都不能

说服我这颗痴心不来侍奉你，

我的心不再支配我这个人影，

甘愿做侍奉你骄傲的心的奴隶

本诗同样以一个精神胜利式的对句收尾，借助这种精神胜利法，诗人得以将"瘟疫"（plague）算作"获利"（gain），将罪孽及其带来的痛苦看作"奖赏"："我只得这样想：遭了灾，好处也有，/她使我犯了罪，等于是教我苦修。"（Only my plague thus far I count my gain, /That she that makes me sin awards me pain.）

【附】

莎士比亚的同时代诗人威廉·史密斯（William Smith）在差不多同一时期（1596 年）也写过一首"五官十四行"，只不过那首十四行诗要比莎氏的商籁第 141 首循规蹈矩得多。史密斯的叙事者列举了爱人带给他的五种感官的种种快乐，遵照的是彼特拉克以来的理想化的情诗传统，诗人对自己所见、所听、所触、所闻、所尝无一不喜爱。对比阅读之下，可以更深切地感受到莎士比亚的黑夫人系列诗对英语情诗传统的惊人革新。

Chloris, Or the Complaint of the Passionate Despised Shepheard (Sonnet 38)

William Smith

That day wherein mine eyes cannot see her,
Which is the essence of their crystal sight;
Both blind, obscure and dim that day they be,
And are debarrèd of fair heaven's light.

That day wherein mine ears do want to hear her;
Hearing, that day is from me quite bereft.
That day wherein to touch I come not near her;
That day no sense of touching have I left.

That day wherein I lack the fragrant smell,
Which from her pleasant amber breath proceedeth;
Smelling, that day, disdains with me to dwell.
Only weak hope, my pining carcase feedeth.

But burst, poor heart! Thou hast no better hope,
Since all thy senses have no further scope.

克洛丽丝，或被弃的热情牧羊人的怨歌

（商籁第 38 首）

威廉·史密斯

那日，当我的双眼无法见到她，
也就是它们晶莹澄澈的视力的本质；
那日，这对双目失明、晦暗、昏花，
隔绝了音信，从明亮的天光那里。

那日，当我的双耳渴盼听见她；
听觉在那天从我这里完全剥夺。
那日，当我为了触摸却无法靠近她；
触觉官能在那天全然离弃了我。

那日当我闻不到来自她芬芳
琥珀般呼吸的宜人香气；
嗅觉在那日不屑于栖居我身，
只有虚弱的希望滋养我憔悴的尸体。

然而绽开吧，可怜的心！没有更好的希冀，
只因你的一切感官都失去了更强的能力。

（包慧怡 译）

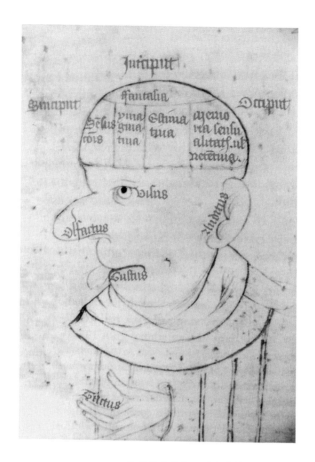

五种外感官和五种内感官，奥古斯丁
《论精神与灵魂》，13 世纪手稿

爱是我的罪，厌恶是你的美德，
厌恶我的罪，生根在有罪的爱情上：
只要把你我的情况比一比，哦，
你就会发现，责难我可不大应当；

就算该，也不该出之于你的嘴唇，
因为它亵渎过自己鲜红的饰物，
跟对我一样，几次在假约上盖过印，
抢夺过别人床铺的租金收入。

我两眼恳求你，你两眼追求他们，
像你爱他们般，请承认我爱你合法：
要你的怜悯长大了也值得被怜悯，
你应当预先把怜悯在心里栽下。

　　假如你藏着它，还要向别人索取，
　　你就是以身作则，活该受冷遇！

罪孽与美德
反情诗

Love is my sin, and thy dear virtue hate,

Hate of my sin, grounded on sinful loving:

O! but with mine compare thou thine own state,

And thou shalt find it merits not reproving;

Or, if it do, not from those lips of thine,

That have profan'd their scarlet ornaments

And seal'd false bonds of love as oft as mine,

Robb'd others'beds'revenues of their rents.

Be it lawful I love thee, as thou lov'st those

Whom thine eyes woo as mine importune thee:

Root pity in thy heart, that, when it grows,

Thy pity may deserve to pitied be.

    If thou dost seek to have what thou dost hide,

    By self-example mayst thou be denied!

商籁第 142 首处理诗人与黑夫人身上"罪孽"与"美德"的辩证关系，并对何为罪、何为美德进行了全新的演绎。商籁第 141 首以诗人的"罪孽"收尾（That she that makes me sin awards me pain），商籁第 142 首则以诗人的"罪孽"开篇：

Love is my sin, and thy dear virtue hate,

Hate of my sin, grounded on sinful loving:

O! but with mine compare thou thine own state,

And thou shalt find it merits not reproving

爱是我的罪，厌恶是你的美德，

厌恶我的罪，生根在有罪的爱情上：

只要把你我的情况比一比，哦，

你就会发现，责难我可不大应当

诗人说自己的罪过是爱，与之相对，黑夫人的美德却是恨——黑夫人憎恨诗人对她的"有罪的爱"（sinful loving），即淫欲，因而讽刺地成了"守贞"的典范，这种"守贞"外在表现为对诗人及其求欢的憎恨。贞洁（chastity）正是中世纪与文艺复兴"七宗罪"文学传统中，通常用来对治"淫荡"（lechery）之罪的那种美德，恰如治疗"骄傲"之罪的是"谦卑"之美德，治疗"愤怒"之罪的是"耐心"之美德，治疗"嫉妒"之罪的是"爱"之美德等。[1]莎士比亚至少会从乔叟《坎特伯雷故事集》之《牧师的故事》或约翰·高尔（John Gower）的《情人的忏悔》（*Confessio Amantis*）等中世纪名作中熟悉这一传统。接下来，他恰恰在诗中指出，黑夫人不该责备他，因为她同样也犯了"淫荡"之罪：

> Or, if it do, not from those lips of thine,
> That have profan'd their scarlet ornaments
> And seal'd false bonds of love as oft as mine,
> Robb'd others'beds'revenues of their rents.
> 就算该，也不该出之于你的嘴唇，
> 因为它亵渎过自己鲜红的饰物，
> 跟对我一样，几次在假约上盖过印，
> 抢夺过别人床铺的租金收入。

叙事者的辩解是，即使"我的情况"——第 3 行中的 mine（state）——值得责备（merits … reproving），那也不该出于"你的嘴唇"，因为"你的嘴唇"已经玷污了它们"猩红的装饰"。这"猩红的装饰"（scarlet ornaments）或许是指黑夫人嘴唇自身的红色，不过更可能是指后天用口红涂抹而成的红色。宗教和文学传统中的"猩红"或"朱红"

1 Morton W. Bloomfield, *The Seven Deadly Sins*, pp. 158, 167.

（scarlet）向来是淫荡女子或通奸者的专属色，比如在《启示录》中的巴比伦大淫妇身上（"我就看见一个女人骑在朱红色的兽上；那兽有七头十角，遍体有亵渎的名号。那女人穿着紫色和朱红色的衣服……手拿金杯，杯中盛满了可憎之物，就是她淫乱的污秽"，《启示录》17：3–4）。"猩红"也是纳撒尼尔·霍桑《红字》（*The Scarlet Letter*）的女主人公海丝特（Hester）不得不随身佩戴的耻辱字母的颜色。莎士比亚的叙事者自我申辩道，既然"你"那两片红唇如"我"一样频繁地同他人的唇签订"虚假的爱的契约"（seal'd false bonds of love），即亲吻，和"我"一样掠夺了"别人的床"的收入，即与合法婚姻之外的情人通奸——那它们有什么权利指责"我"呢？"你"和"我"同为好色的私通者。因此，诗人在第三节中提出，自己对黑夫人的情欲是"合法的"，就如黑夫人对其他已婚恋人的情欲一样合法：

Be it lawful I love thee, as thou lov'st those

Whom thine eyes woo as mine importune thee:

Root pity in thy heart, that, when it grows,

Thy pity may deserve to pitied be.

我两眼恳求你，你两眼追求他们，

像你爱他们般，请承认我爱你合法：

要你的怜悯长大了也值得被怜悯，

你应当预先把怜悯在心里栽下。

　　正如诗人用眼睛恳求黑夫人满足他的情欲，黑夫人也用她的眼睛对其他情人做过同样的事。本着一种太过接地气的"积德积福"的原则，诗人劝说黑夫人"怜悯"他，因为或许有一天，黑夫人自己也会需要别人的怜悯，也会恳求别人接受她的情欲。为了那个时刻能够配得上别人的怜悯，诗人敦促黑夫人要在此刻就在自己的心中培育这种怜悯，也就是对"我"发发善心，满足"我"的情欲。对句中，诗人从反面论证了黑夫人接受他的必要性：

If thou dost seek to have what thou dost hide,
By self-example mayst thou be denied!
假如你藏着它，还要向别人索取，
你就是以身作则，活该受冷遇！

　　如果"你"热衷于藏起将来"你"要寻找之物，热衷于玩躲猫猫（hide and seek）的游戏，那么当"你"追寻这件现在对"我"藏起的东西（情欲的满足）时，"你"就会因为自己此前树立的坏榜样（拒绝"我"）而遭到拒绝。可以说，本诗中的叙事者为了赢得或者赢回黑夫人的青睐，已经威逼利诱无所不能了。

"淫荡"，博施《七宗罪与万民四末》，约 1505—1510 年

看哪，像一位专心的主妇跑着
要去把一只逃跑的母鸡抓回来，
她拼命去追赶母鸡，可能追到的，
不过她这就丢下了自己的小孩；

她追赶去了，她的孩子不愿意，
哭着去追赶母亲，而她正忙着在
追赶那在她面前逃走的东西，
不去理睬可怜的哭闹的幼崽；

你也在追赶离开了你的家伙，
我是个孩子，在后头老远地追赶；
你只要一抓到希望，就请转向我，
好好地做母亲，吻我，温和一点：

只要你回来，不让我再高声哭喊，
我就会祷告，但愿你获得"心愿"。

追鸡
反情诗

Lo, as a careful housewife runs to catch
One of her feather'd creatures broke away,
Sets down her babe, and makes all swift dispatch
In pursuit of the thing she would have stay;

Whilst her neglected child holds her in chase,
Cries to catch her whose busy care is bent
To follow that which flies before her face,
Not prizing her poor infant's discontent;

So runn'st thou after that which flies from thee,
Whilst I thy babe chase thee afar behind;
But if thou catch thy hope, turn back to me,
And play the mother's part, kiss me, be kind;

So will I pray that thou mayst have thy 'Will,'
If thou turn back and my loud crying still.

商籁第 143 首是黑夫人组诗中的一个异数。整首诗将爱情中不对等的追逐比作一场追鸡游戏，如同一幕小型喜剧乃至闹剧的现场，可谓将彼特拉克以降的"典雅爱情"情诗传统颠覆得皮毛不剩。

全诗一开始就用一个旨在引起注意的"看哪!"（Lo），揭开了追鸡闹剧的序幕。Lo 是宏大叙事的一个标志性导入语，通常用于古典史诗的开篇，或是《圣经》中奇迹叙事的开篇，此处却将读者的目光导向一名追逐逃走的母鸡的主妇：为了追鸡，她不得不放下怀里的孩子，匆匆去逮"那有羽毛的生物"，如同一种戏仿史诗（mock epic）的细节。而被扔下的孩子则哭哭啼啼，拔脚去追那一门心思扑在母鸡身上的母亲。于是这名主妇一边在追逐，一边被追赶，整个场景鸡飞蛋打，混乱不堪。

Lo, as a careful housewife runs to catch

One of her feather'd creatures broke away,

Sets down her babe, and makes all swift dispatch

In pursuit of the thing she would have stay;

看哪，像一位专心的主妇跑着

要去把一只逃跑的母鸡抓回来，

她拼命去追赶母鸡，可能追到的，

不过她这就丢下了自己的小孩；

Whilst her neglected child holds her in chase,

Cries to catch her whose busy care is bent

To follow that which flies before her face,

Not prizing her poor infant's discontent

她追赶去了，她的孩子不愿意，

哭着去追赶母亲，而她正忙着在

追赶那在她面前逃走的东西，

不去理睬可怜的哭闹的幼婴

　　乔叟《坎特伯雷故事集》中有一则文体为动物寓言（bestiary）的《修女院教士的故事》（*The Nun's Priest's Tale*），说的是一名贫苦寡妇的公鸡羌梯克利与母鸡们的故事。其中，自命不凡的羌梯克利被狐狸叼走后，寡妇追赶公鸡和狐狸的鸡飞蛋打的一幕可能为莎士比亚这首诗的追鸡场景提供了灵感：

This sely wydwe and eek hir doghtres two

Herden thise hennes crie and maken wo,

And out at dores stirten they anon,

And syen the fox toward the grove gon,

And bar upon his bak the cok away,

And cryden, "Out! Harrow and weylaway!

Ha, ha! The fox!" and after hym they ran,

And eek with staves many another man.

Ran Colle oure dogge, and Talbot and Gerland,

And Malkyn, with a dystaf in hir hand;

Ran cow and calf, and eek the verray hogges,

So fered for the berkyng of the dogges

And shoutyng of the men and wommen eeke

They ronne so hem thoughte hir herte breeke. (ll.3374–88)

那位可怜的寡妇和两个闺女

听到母鸡们发出的悲呼哀啼，

赶紧跑出了屋子，到门外一望，

只见狐狸把那公鸡背在背上，

正朝树林跑，于是就大声叫嚷：

"狐狸把鸡叼走啦，快来帮帮忙!"

她们一边喊，一边跟在后面奔；

许多人都追了上去，手拿木棍；

玛尔金也追了上去，手拿纺杆；

一起追上去的还有三条猎犬；

母牛和小牛都在跑，猪也在跑，

因为男男女女的奔跑和喊叫，

猎犬的吠叫使他们心惊肉跳……

（黄杲炘 译）

诗人在商籁第 143 首第三节中揭开了追鸡比喻的谜底：他自比被黑夫人抛弃、跟在她身后哭哭啼啼追逐的孩童，而将一心追逐那些逃避她的男人的黑夫人比作追鸡的农妇。在这场我追你，你追他人的三角甚至多角游戏中，没有一个人的心愿得到了满足。诗人最迫切的愿望是黑夫人放弃对他人的追求，转而投入苦苦追求的自己的怀抱，但第三节中却只表达了退而求其次的卑微的愿望：假如"你"追到了"你"所爱慕的男子（"你的希望"，thy hope），获得满足之后，就回到"我"这里来吧，回来好好"履行母亲的职责"，哄"我"，吻"我"，对"我"好些。

So runn'st thou after that which flies from thee,
Whilst I thy babe chase thee afar behind;
But if thou catch thy hope, turn back to me,
And play the mother's part, kiss me, be kind
你也在追赶离开了你的家伙，
我是个孩子，在后头老远地追赶；
你只要一抓到希望，就请转向我，
好好地做母亲，吻我，温和一点

叙事者自比孩童而将情妇比作抛弃孩子的母亲，这使得许多学者乐于从俄狄浦斯情结的角度去剖析这首诗。更可能的情况是，莎士比亚不过是故意用荒诞滑稽的比喻，继续完成他对但丁－彼特拉克式理想情诗传统的"反情诗"式的戏谑和革新。如果"我"自比为被情人（黑夫人）抛下的孩子，那么黑夫人追逐的男子也就被比作了逃走的母鸡，从三者身上都难寻任何属于"典雅爱情"的崇高因素，一切都是闹剧。对句中甚至出现了莎士比亚最爱用的荤段子双关词："我"会为"你"祈祷，让"你"能成功占有"你的威尔"（thy 'Will'），也就是，在"你"追逐的人那里满足性欲（Will 的首字母大写为四开本原有）——条件是事后"你"会回来安抚"我"，让"我"也得到满足，"让我的啼哭得以止息"。

So will I pray that thou mayst have thy 'Will, '

If thou turn back and my loud crying still.

只要你回来，不让我再高声哭喊，

我就会祷告，但愿你获得"心愿"。

"你"应当怜悯"我"，这样"你"自己在情欲竞技场上的追逐才不会落空。商籁第 143 首无疑延续了此前商籁第 142 首的这一主题，而在接下来的商籁第 144 首中，我们将看到老朋友"俊美青年"再度登场，为第 142 首和第 143 首中黑夫人所追求的男子的身份提供线索。

公鸡,《自然之花》，14世纪荷兰手稿

我有两个爱人：安慰，和绝望，
他们像两个精灵，老对我劝诱；
善精灵是个男子，十分漂亮，
恶精灵是个女人，颜色坏透。

我那女鬼要骗我赶快进地狱，
就从我身边诱开了那个善精灵，
教我那圣灵堕落，变做鬼蜮，
用恶的骄傲去媚惑他的纯真。

我怀疑到底我那位天使有没有
变成恶魔，我不能准确地说出；
但两个都走了，他们俩成了朋友，
我猜想一个进了另一个的地府。

　　但我将永远猜不透，只能猜，猜，
　　等待那恶神把那善神赶出来。

Two loves I have of comfort and despair,

Which like two spirits do suggest me still:

The better angel is a man right fair,

The worser spirit a woman colour'd ill.

To win me soon to hell, my female evil,

Tempteth my better angel from my side,

And would corrupt my saint to be a devil,

Wooing his purity with her foul pride.

And whether that my angel be turn'd fiend,

Suspect I may, yet not directly tell;

But being both from me, both to each friend,

I guess one angel in another's hell:

    Yet this shall I ne'er know, but live in doubt,

    Till my bad angel fire my good one out.

在商籁第 133、134 首之外，这是黑夫人组诗中又一首直白地讲述诗人遭遇的"双重背叛"的怨歌，诗人的双生缪斯分别离弃了他，这两人在本诗中被清晰地区分为白色与黑色、男人与女人、"圣徒"与"恶魔"。

在商籁第 133 首第二节中，诗人曾把俊美青年称作"另一个自己"，这另一个自己和诗人自己一样被黑夫人诱惑，使得诗人受到三重的抛弃：

Me from myself thy cruel eye hath taken,

And my next self thou harder hast engross'd:

Of him, myself, and thee I am forsaken;

A torment thrice three-fold thus to be cross'd

你满眼冷酷，把我从我身夺去；

你把那第二个我也狠心独占；

我已经被他、我自己和你所背弃；

这样就承受了三重三倍的苦难。

在紧接着的商籁第 134 首中，诗人先将俊美青年再度称作"另一个我"，后来又说俊友是被困在黑夫人与自己关系之间的保人，原要保释我，结果自己却陷入黑夫人的情欲陷阱，同样成了欠债人："我愿意把自己让你没收，好教你 / 放出那另一个我来给我以慰安……你想要取得你的美貌的担保，/就当了债主，把一切都去放高利贷。"(ll.3–4, 9–10）可以说在以上两首诗中，俊友都被归入诗人那边，"我"和俊友天生属于一个梯队，只是因为某种不幸的意外，俊友才失足落入黑夫人的情网，被迫重新与黑夫人组队。而在商籁第144首一开始，俊友与黑夫人已经站到了同一阵营，他们是"两个天使／精灵"，共同试探或诱惑（suggest）"我"：

Two loves I have of comfort and despair,

Which like two spirits do suggest me still:

The better angel is a man right fair,

The worser spirit a woman colour'd ill.

我有两个爱人：安慰，和绝望，

他们像两个精灵，老对我劝诱；

善精灵是个男子，十分漂亮，

恶精灵是个女人，颜色坏透。

　　莎士比亚在此诗中将"天使"（angel）与"精灵，幽灵"（spirit）当作近义词，用来称呼自己的"两个爱人"（two loves），但又有所区分。两个爱人中的"白皙／俊美的男子"是"好天使"，"深色皮肤的女子"则是"坏精灵"，前者为"我"带来慰藉，后者带来绝望。如同在中世纪道德剧或寓言诗的灵魂大战（*psychomachia*）中，分别代表善恶的两个寓意人物（有时也直接化身为天使和恶魔）争夺主人公灵魂的归宿，本诗中"我"的坏天使也作为好天使的对立面出现，只不过到了第二节中，坏天使已经放弃了对"我"的争夺，转而将注意力转移到好天使身上。虽然坏天使的目的也是"拖我下地狱"，她采取的手段却不是直接对"我"下手，而是通过"将好天使从我身边拉走"。

To win me soon to hell, my female evil,
Tempteth my better angel from my side,
And would corrupt my saint to be a devil,
Wooing his purity with her foul pride.
我那女鬼要骗我赶快进地狱，
就从我身边诱开了那个善精灵，
教我那圣灵堕落，变做鬼蜮，
用恶的骄傲去媚惑他的纯真。

至此，本诗再次消弭了宗教语境与情诗语境的界限，叙事者的善恶两个天使成了基督教中的圣徒与魔鬼，而魔鬼腐化圣徒的方法也是通过堕落天使路西法的首罪"骄傲"（Wooing his purity with her foul pride）。诗人在下一节中表达了一种可怕的焦虑——好天使可能已经遭到污染而变成了恶魔，就如撒旦－路西法在堕落前是最明亮的天使一般。而更令人痛苦的是，"我"永远无法确切地知道真相，只能"猜测"（guess）：既然他们两人此刻都不在"我"身边，可能好天使已经在坏天使的"地狱"中。第12行中的 hell 也是对女性生殖器的厌女式指涉，暗示此刻俊友可能正在与黑夫人发生性关系：

And whether that my angel be turn'd fiend,
Suspect I may, yet not directly tell;
But being both from me, both to each friend,
I guess one angel in another's hell:
我怀疑到底我那位天使有没有
变成恶魔，我不能准确地说出；
但两个都走了，他们俩成了朋友，
我猜想一个进了另一个的地府。

Yet this shall I ne'er know, but live in doubt,
Till my bad angel fire my good one out.
但我将永远猜不透，只能猜，猜，
等待那恶神把那善神赶出来。

我们会注意到，至此，原先主要被称作"精灵，幽灵"

（spirit）和"邪灵"（evil）的女性情人已经与男性情人一起被诗人无差别地称作"天使"（one angel in another's hell; Till my bad angel fire my good one out）。而对叙事者最大的折磨是，他必须始终活在怀疑和猜忌的灵泊狱中，永远不得安宁，除非等到坏天使厌倦了好天使而将他"攥走"的那日。地狱之火和性病的意象同时出现在最后一行作动词的 fire 中，无论这火焰将何时驱逐好天使，对于好天使（俊友）和爱着好天使的诗人而言，未来都不可能有什么美满的结局。

【附】

被看作"对手诗人"候选人之一的迈克尔·德雷顿（Michael Drayton）在 1599 年左右写过一首主题和用词都与商籁第 144 首类似的十四行诗，此诗后来被正式集结为德雷顿的十四行诗集《理念集》（*Idea*）中的第 20 首，于 1619 年再次出版。

Idea (Sonnet 20)

Michael Drayton

An evil Spirit (your Beauty) haunts me still,

Wherewith, alas, I have been long possessed;

Which ceaseth not to attempt me to each ill,

Nor give me once, but one poor minute's rest.

In me it speaks, whether I sleep or wake:

And when by means to drive it out I try,

With greater torments then it me doth take,

And tortures me in most extremity.

Before my face, it lays down my despairs,

And hastes me on unto a sudden death:

Now tempting me, to drown myself in tears;

And then in sighing to give up my breath.

　　Thus am I still provoked to every evil,

　　By this good wicked Spirit, sweet Angel-Devil.

理念集 (商籁第 20 首)

迈克尔·德雷顿

一个恶灵，你的美，始终萦绕我，

呜呼，我已被它缠身许久；

它不断尝试让我品尝每种病痛，

也从不曾让我歇息一分钟。

无论是睡是醒，在我体内诉说，
每当我尝试将它驱赶，
它总用更大的苦痛攫住我，
用最极端的方式把我折磨。

它在我面前陈列我的绝望，
敦促我上路，去面对骤发的死亡：
一会儿引诱我，让我在泪水中溺毙；
一会儿诱我在长叹中呼出最后一口气。

因此我始终受制于每一种邪恶的蛊惑，
被这心善的恶灵，这甜蜜的天使恶魔。

（包慧怡 译）

此外，1599 年未经莎士比亚允许而出版的"盗版"十四行诗集《激情的朝圣者》中保存着商籁第 144 首的一个早期形式，与我们在 1609 年四开本十四行诗集中看到的本诗只有个别用词、句读和大小写的差别：

Two loues I haue, of Comfort and Despaire,

That like two Spirits, do suggest me still:

My better Angell, is a Man (right faire)

My worser spirite a Woman (colour'd ill.)

To win me soone to hell, my Female euill

Tempteth my better Angell from my side:

And would corrupt my Saint to be a Diuell,

Wooing his purity with her faire pride.

And whether that my Angell be turnde feend,

Suspect I may (yet not directly tell:)

For being both to me: both, to each friend,

I ghesse one Angell in anothers hell:

    The truth I shall not know, but liue in dout,

    Till my bad Angell fire my good one out.

《两名天使》，柯西莫（Piero di Cosimo），
1510—1515 年

爱神亲手缔造的嘴唇

对着为她而憔悴的我

吐出了一句"我厌恶……"的声音：

但是只要她见到我难过，

她的心胸就立刻变宽厚，

谴责她那本该是用来

传达温和的宣判的舌头；

教它重新打招呼，改一改：

她就马上把"我厌恶……"停住，

这一停正像温和的白天

在黑夜之后出现，黑夜如

恶魔从天国被扔进阴间。

　　她把"我厌恶……"的厌恶抛弃，

　　救了我的命，说——"不是你。"

安妮·海瑟薇
情诗

Those lips that Love's own hand did make,
Breathed forth the sound that said 'I hate',
To me that languish'd for her sake:
But when she saw my woeful state,

Straight in her heart did mercy come,
Chiding that tongue that ever sweet
Was us'd in giving gentle doom;
And taught it thus anew to greet;

'I hate' she alter'd with an end,
That followed it as gentle day,
Doth follow night, who like a fiend
From heaven to hell is flown away.

'I hate', from hate away she threw,
And sav'd my life, saying 'not you'.

商籁第 145 首通常被看作一首早期作品，一些学者甚至认为是 1582 年莎士比亚年仅十八岁、新婚燕尔时的少作。文本证据是藏在本诗中的莎士比亚的结发妻子安妮·海瑟薇（Anne Hathaway）的姓名，风格证据则是本诗无论韵律还是措辞都太过轻快和喜剧化，与十四行诗系列中其他成熟的诗作格格不入。

19 世纪藏书家托马斯·菲利普斯在伍斯特主教的档案室找到了一份神秘的保证书，落款日期是 1582 年 11 月 28 日，内容则是要见证一笔巨款的交纳（40 英镑，相当于当时斯特拉福镇教师年薪的两倍），好让"威廉·莎士比亚"与"伍斯特教区斯特拉福镇的少女安妮·海瑟薇"成婚。[1] 当时莎士比亚年仅 18 岁，安妮·海瑟薇 26 岁，这对年轻人希望尽快结婚。从六个月之后的另一份档案里我们大概可以初探端倪：1583 年 5 月 28 日，他们的长女苏珊娜的洗礼被记录在案。

26 岁的安妮即使以今天的标准也谈不上是"少女"，18 岁的威廉即使以当时的标准看也尚未完全成年——伊丽莎白时期的法定成年年龄是 21 岁，1600 年斯特拉福镇男子的平均结婚年龄约为 28 岁。[2] 安妮的父亲理查德·海瑟薇（Richard Hathaway）是约翰·莎士比亚的老朋友，一个虔诚信奉新教的农夫。安妮与威廉结婚时理查德已去世，在遗嘱中为安妮留下了一些钱，并保证她结婚时将得到 6 英

1 斯蒂芬·格林布拉特，《俗世威尔——莎士比亚新传》，第 79 页。
2 同上书，第 80 页。

镑多的额外遗产（绝对谈不上是一大笔钱）。孤儿安妮能够独立做主决定自己的婚姻，这是一个优势，但她同时很可能不会读写，没受过多少正规教育，谈不上能和威廉进行智识上的交流。

莎士比亚自己如何看待这段奉子成婚的婚姻呢？在他的戏剧作品中，比起"求爱"这一古老主题，包括求爱过程中的万般磨难、各种误会和阴差阳错，主人公对障碍的克服、爱情的短暂实现等，真正处理婚姻关系的篇章少之又少，构成了一种醒目的沉默。在少数直接谈论婚姻的篇章中，剧作家依然披着剧中人的假面，但我们或许仍能透过假面一窥端倪。关于婚姻中夫妻双方的年龄差，《第十二夜》第二幕第四场中奥西诺公爵给薇奥拉的建议是这样的："女人应当拣一个比她年纪大些的男人，这样她才跟他合得拢，不会失去她丈夫的欢心；因为，孩子，不论我们怎样自称自赞，我们的爱情总比女人们流动不定些，富于希求，易于反复，更容易消失而生厌。"

莎士比亚一生中大部分时间都没有和妻子生活在一起，他在伦敦戏剧界闯荡历险，逐渐声名鹊起，她则在斯特拉福乡间老家干农活和照顾孩子，定期收到丈夫从伦敦寄来的生活津贴。我们无法得知这段近四十年的婚姻关系的日常真相：他们是否始终相爱，或至少相处融洽，还是说正如莎士比亚成年后的大部分爱情经验和灵感来自十四行诗集中的美少年和黑夫人，安妮也有自己身为"莎士比亚夫人"之外的生活和寄托? 至少在商籁第 145 首前两节中，我们看到的是典型的"求爱"场景，诗人刻画了一个先狠心，后心软的女性求爱对象。"爱神亲手塑成的嘴唇"是不适宜说出"我恨"这样不解风情的话语的，而"她"也的确一看到"我悲惨的状况"就大发慈悲，让"心"去谴责说狠话的"舌头"（"颁发温柔的末日"），要舌头修改自己对求爱者的回应（虽然求爱者的话语始终缺席）：

Those lips that Love's own hand did make,

Breathed forth the sound that said 'I hate',

To me that languish'd for her sake:

But when she saw my woeful state,

爱神亲手缔造的嘴唇

对着为她而憔悴的我

吐出了一句"我厌恶……"的声音：

但是只要她见到我难过，

Straight in her heart did mercy come,

Chiding that tongue that ever sweet

Was us'd in giving gentle doom;

And taught it thus anew to greet

她的心胸就立刻变宽厚，

谴责她那本该是用来

传达温和的宣判的舌头；

教它重新打招呼，改一改

　　这首诗是整个十四行诗系列中唯一不用五步抑扬格，而是采用四步抑扬格（iambic tetrameter）的作品。四音步句（每行八个音节）比五音步句短促轻快，更适合于喜剧和讽刺作品，同时每行能呈现的内容不及五音步句密集，这也是学者们认为该诗属于少作的原因。在英语语境中，要到菲利普·西德尼爵士1592年出版《爱星者与星》，十四行诗体才真正成为最受欢迎、表现力最丰富的诗体。或许这首诗是少年威廉向他年长近八岁的安妮求爱时，在诗歌领域的初试牛刀，诗人的心绪被情人的话语左右，降到谷底又瞬间飞上云霄；又或许这是写作十四行诗系列时期的成年威廉寄给留在斯特拉福的妻子的安抚性情诗——很显然，整个诗系列中的其他153首诗都不是献给她的——考虑到她的接受能力和喜好，诗人故意选取了更通俗和朗朗上口的四音步诗节（虽然无论他用什么格律写诗，安妮几乎肯定需要别人帮忙读给她听）。那反复说着"我恨——"却又悬置不提憎恨对象、折磨着诗人的女主人公形象，与黑夫人的形象亦有某种相通，也许本诗出现在黑夫人序列之中并非偶然。

> 'I hate' she alter'd with an end,
>
> That followed it as gentle day,
>
> Doth follow night, who like a fiend
>
> From heaven to hell is flown away.
>
> 她就马上把"我厌恶……"停住,
>
> 这一停正像温和的白天
>
> 在黑夜之后出现,黑夜如
>
> 恶魔从天国被扔进阴间。

> 'I hate', from hate away she threw,
>
> And sav'd my life, saying 'not you'.
>
> 她把"我厌恶……"的厌恶抛弃,
>
> 救了我的命,说——"不是你。"

在 "I hate … away"(Anne Hathaway)和 "And sav'd my life"(Anne saved my life)这两个短句中隐含的谐音双关,是否如同诗人的预期那般(如果这种预期真的存在),在莎士比亚夫人那里达到了它们"言语行为"的目的:求爱、安慰、道歉?我们或许永远都不会知道。安妮·海瑟薇在莎士比亚生平档案中的在场稀薄到可疑,虽然是与莎士比亚结婚三十多年并诞下三个孩子的发妻，她却如幽灵般隐形，只在他最后的遗嘱中才再次出现——除了莎士比亚"第二好的那张床"（second best bed），那份遗嘱没有给安妮留下任何值得一提的馈赠。

《亨利六世·上部》第五幕第五场中萨福克伯爵的这段话值得玩味，可以被轻易读成一种自传式的反思："不如意的婚姻好比是座地狱，一辈子鸡争鹅斗，不得安生；相反地，选到一个称心如意的配偶，就能百年谐合，幸福无穷。"

安妮·海瑟薇肖像，库尔岑（Nathaniel
Curzon），约 1708 年

可怜的灵魂呵，你在我罪躯的中心，
被装饰你的反叛力量所蒙蔽；
为什么在内部你憔悴，忍受饥馑，
却如此豪华地彩饰你外部的墙壁？

这住所租期极短，又快要坍倒，
为什么你还要为它而挥霍无度？
虫子，靡费的继承者，岂不会吃掉
这件奢侈品？这可是肉体的归宿？

靠你的奴仆的损失而生活吧，灵魂，
让他消瘦，好增加你的贮藏；
拿时间废料去换进神圣的光阴；
滋养内心吧，别让外表再堂皇；

　　这样，你就能吃掉吃人的死神，
　　而死神一死，死亡就不会再发生。

Poor soul, the centre of my sinful earth,

My sinful earth these rebel powers array,

Why dost thou pine within and suffer dearth,

Painting thy outward walls so costly gay?

Why so large cost, having so short a lease,

Dost thou upon thy fading mansion spend?

Shall worms, inheritors of this excess,

Eat up thy charge? Is this thy body's end?

Then soul, live thou upon thy servant's loss,

And let that pine to aggravate thy store;

Buy terms divine in selling hours of dross;

Within be fed, without be rich no more:

 So shall thou feed on Death, that feeds on men,

 And Death once dead, there's no more dying then.

商籁第 146 首是一首玄学独白诗，除了以典型"沉思者"(*il penseroso*)形象出现的第一人称叙事者，全诗没有出现我们已经熟悉的十四行诗系列里的其他人物（俊友、黑夫人等）。本诗继承了欧洲诗歌传统中一个古老的经典母题——"鄙夷尘世"(*contemptus mundi*)，叙事者"我"向以第二人称出现的自己的灵魂发起了关于生命意义的拷问。

"鄙夷尘世"是一个贯穿古代晚期至中世纪晚期的核心文学主题，以此为主题的拉丁语和俗语诗作都被归入"鄙世诗"(*contemptus* poem)的行列。在拉丁文传统中，"鄙夷尘世"主题在古代晚期的哲学代表作是 6 世纪波伊提乌斯（Anicius Manlius Severinus Boethius）的散文名著《哲学的慰藉》(*De Consolatione Philosophiae*)，在早期教父传统中的代表作是 5 世纪里昂主教尤基里乌斯（Eucherius of Lyon）的书信《论对尘世的鄙夷》(*De Contemptu Mundi*)，在中世纪神学家作品中的典例则有 12 世纪贝尔纳（Bernard of Cluny）的同名讽喻诗《论对尘世的鄙夷》(*De Contemptu Mundi*)，以及 12 世纪教皇英诺森三世（Innocent III）的散文《论人类境遇之悲惨》(*De Miseria Humanae Conditionis*)等——后者曾被乔叟翻译成中古英语，但译本已失传。作为一个历史悠久的文学母题，以它为标题或主旨的作品聚焦于俗世生命和人世荣华富贵的必朽性，认为个人生前拥有的一切都是虚空中的虚空。

莎士比亚的第 146 首商籁正是这样一首"鄙夷尘世"主题的十四行诗，这是 154 首主要处理爱情的诗中绝无仅有的。欧洲中世纪和早期现代对灵肉关系的主流看法可被概括为：身体是一间囚室（ergastulum），一座禁锢灵魂的奴隶监狱。本诗第一节就继承了中古英语诗歌中盛行的"身体城堡"（body castle）或"身体监狱"（body prison）的比喻，把灵魂比作栖居于身体这栋建筑物中心的房客，指责灵魂不该花费重金，浓墨重彩地修葺必朽的身体的"外墙"。

Poor soul, the centre of my sinful earth,

My sinful earth these rebel powers array,

Why dost thou pine within and suffer dearth,

Painting thy outward walls so costly gay?

可怜的灵魂呵，你在我罪躯的中心，

被装饰你的反叛力量所蒙蔽；

为什么在内部你憔悴，忍受饥馑，

却如此豪华地彩饰你外部的墙壁？

诗人认为比起装修"有罪的尘土之躯"（sinful earth），即身体这座"正在衰退的大厦"（fading mansion），灵魂应该更多地关注自身的福祉，而不是任凭自己欠缺、衰弱、闹饥荒。因为身体大厦的租期太短（having so short a lease），就像商籁第18首中的"夏日"那样（summer's lease hath all too short a date），而且无论装饰得如何华贵，身体在死后都会成为蛆虫的食物：

Why so large cost, having so short a lease,

Dost thou upon thy fading mansion spend?

Shall worms, inheritors of this excess,

Eat up thy charge? Is this thy body's end?

这住所租期极短，又快要坍倒，

为什么你还要为它而挥霍无度？

虫子，靡费的继承者，岂不会吃掉

这件奢侈品？这可是肉体的归宿？

被蛆虫吃掉的尸体是"鄙夷尘世"主题的一个核心意象，也是莎士比亚从英国中世纪诗歌中继承的最直接的死亡描述之一。提起中古英语中"鄙夷尘世"主题的抒情诗杰作，当推只有一份手稿存世的短诗《当土壤成为你的塔楼》（"Wen þe Turuf Is Þi Tuur"，以下简称《土壤》）。该诗手稿今藏剑桥大学圣三一学院（Trinity College, Cambridge, MS 323, fol. 47v），约编写于13世纪下半叶。《土壤》在形式上是一首准挽歌体，但挽歌的庄重句式和哀伤

氛围又与"死后"（post mortem）或曰"尸检式"的庸常细
节形成对照，在短短六行内产生一种可怖的戏剧张力：

> Wen þe turuf is þi tuur,
> And þy put is þi bour,
> Þy wel and þi wite þrote
> Sulen wormes to note.
> Wat helpit þe þenne
> Al þe worilde wenne?[1]

> 当土壤成为你的塔楼，
> 当坟墓成为你的闺房，
> 你的肌肤和你雪白的喉
> 都将交付蠕虫去享受。
> 到那时，整个尘世的欢愉
> 对你又有什么帮助？

> （包慧怡 译）

　　商籁第 146 首第二节用两个问句，引起读者对死后身
体命运的视觉化想象，生动传递了"尘世荣光自此逝"（*Sic transit gloria mundi*）的道德训喻。而第三节中，"我"则顺
理成章地向灵魂提出了关于如何度过此生的建议：让身体
挨饿，但要喂饱自己；让身体这不值得的仆从遭受损失，

1 John Hirsh, ed., *Medieval Lyrics*, p. 27.

灵魂自己应当增益和丰盈；卖掉（花在身体上的）渣滓般的时间，买来能令灵魂得到神圣救赎的时间；放弃外表的（without）华丽，滋养内心（within）。

Then soul, live thou upon thy servant's loss,

And let that pine to aggravate thy store;

Buy terms divine in selling hours of dross;

Within be fed, without be rich no more

靠你的奴仆的损失而生活吧，灵魂，

让他消瘦，好增加你的贮藏；

拿时间废料去换进神圣的光阴；

滋养内心吧，别让外表再堂皇

除了"鄙夷尘世"，这首商籁的前三节对另一个中世纪死亡文学的分支"灵肉对话"主题也有回应。所谓"灵肉对话"（亦称"灵肉辩论"）是一个古代晚期至中世纪欧洲各俗语诗歌传统中都有的子文类（参见商籁第46首《"眼与心之战"玄学诗·上》）。中古英语"灵肉对话"通常篇幅短小，并且以灵魂单方面指责肉体的"演说式"最为常见，比如以下这首只有九行却十分流行的中古英语匿名诗作《现在你啊，可悲的肉体》（*Nu Thu, Unsely Body*）：

Nu thu unsely body up on bere list

Where bet thine roben of fau and of gris

Suic day havit I comin thu changedest hem thris

Thad makit the Hevi her the thad thu on list

Thad rotihin sal so the lef thad honkit on the ris!

Thu ete thine mete y makit in consis

Thu lettis the pore stondin prute in forist in is

Thu noldist not the bi then chen forte ben wis

For thi havistu for lorin the joye of parais.

现在你啊，可悲的肉体，躺在灵床上：

你那些貂皮大衣去了哪里？

曾经一度，你每日换三次皮袄，

只要你乐意，可以叫天换了地，

你将像挂在枝上的树叶一样腐烂！

你大吃大喝锅中精制的菜肴，

你让穷人站在户外的霜雪中；

你不肯反思，好教自己变得明智：

所以，你现在失去了天堂的欢欣。

（包慧怡 译）

这首短诗中灵魂对身体的责备可以概述为第二行中
"今何在"（*ubi sunt*）式的问句："你那些貂皮大衣去了哪

里?"（Where bet thine roben of fau and of gris?）莎士比亚的叙事者"我"在商籁第146首第3—6行中发起的质问（为什么在内部你憔悴，忍受饥馑，／却如此豪华地彩饰你外部的墙壁？／这住所租期极短，又快要坍倒，／为什么你还要为它而挥霍无度?）与这首短诗的质问本质上是一脉相承的。只不过莎士比亚诗中的第二人称受话者是灵魂本身，而非以上中古英语短诗中的肉体，在莎氏的预设中，是灵魂要为身体的言行及其结果负责，一如第三节中所言，身体只是灵魂的仆人（thy servant）。

对于如何解决"凡人必有一死"这一终极的困境，诗人在商籁第146首末尾提出了一个字面上颇为惊人的方案：灵魂应当以"死亡"本身为食物（feed on Death），由于死亡一直以人的生命为食（feeds on men），若灵魂能够吃掉死亡，世上就再无垂死之人或"死"之过程。这当然是一种修辞，个体的灵魂通过追求精神升华，舍弃肉体快乐，能做到的最多是在灵性层面克服自己的死亡，不再随身体一起受死亡任意摆布，换言之，在身体死后依然拥有永恒的精神生命。

So shall thou feed on Death, that feeds on men,

And Death once dead, there's no more dying then.

这样，你就能吃掉吃人的死神，

而死神一死，死亡就不会再发生。

与死神下棋，皮克特（Albertus Pictor），
15 世纪英国

我的爱好像是热病，它老是渴望
一种能长久维持热病的事物；
它吃着一种延续热病的食粮，
古怪的病态食欲就得到满足。

我的理智——治我的爱的医师，
因为我不用他的处方而震怒，
把我撂下了，如今我绝望而深知
欲望即死亡，假如把医药排除。

理智走开了，疾病就不能医治，
我将带着永远的不安而疯狂；
我不论思想或谈话，全像个疯子，
远离真实，把话儿随口乱讲；

我曾经赌咒说你美，以为你灿烂，
你其实像地狱那样黑，像夜那样暗。

My love is as a fever longing still,

For that which longer nurseth the disease;

Feeding on that which doth preserve the ill,

The uncertain sickly appetite to please.

My reason, the physician to my love,

Angry that his prescriptions are not kept,

Hath left me, and I desperate now approve

Desire is death, which physic did except.

Past cure I am, now Reason is past care,

And frantic-mad with evermore unrest;

My thoughts and my discourse as madmen's are,

At random from the truth vainly express'd;

For I have sworn thee fair, and thought thee bright,

Who art as black as hell, as dark as night.

商籁第 147 首一开始，诗人就自比一名病入膏肓的病人，而将自己对黑夫人的迷恋比作一场好不了的高烧，这高烧不仅不求治愈，反而渴望那滋养病根、满足疾病之胃口的对象：

My love is as a fever longing still,

For that which longer nurseth the disease;

Feeding on that which doth preserve the ill,

The uncertain sickly appetite to please.

我的爱好像是热病，它老是渴望

一种能长久维持热病的事物；

它吃着一种延续热病的食粮，

古怪的病态食欲就得到满足。

　　第二节中，诗人提出了一种对立的力量，即自己的"理性"（reason）。"理性"仍渴望治好"我"的这种迷恋，与情欲展开了一场艰苦卓绝的战斗。在 15 世纪中古苏格兰语诗人威廉·邓巴尔（William Dunbar）的梦幻寓言诗《金盾》（The Golden Targe）中，发生过一场与本诗所描述的极其类似的灵魂大战，也被称作"内战"（bellum intestium）或"圣战"。[1] 这场战争的本质是情欲和理性对叙事者灵魂的争夺。诗中的第一人称叙事者"我"在五月清晨一个鸟语花香

1 C.S. Lems, *The Allegory of Love*, p. 55.

的花园中睡着，梦中驶来一艘载着一百名衣着光鲜的仕女的大船，"我"虽然害怕却忍不住爬到近前窥探，不慎被维纳斯发现。后者部署"美貌""优雅的举止""坚贞"等各类寓意人物向"我"发动了三波袭击，只有"理性"手持一面黄金盾牌为"我"而战，最后"欺骗"弄瞎了"理性"的眼睛，战败的"我"落入了"抑郁"手中，得胜的大船鸣炮远去，被炮声惊醒的"我"又回到了花园里。当"危险的亲近"往"理性"眼中撒了一把粉末，失明的"理性"被驱逐入"绿色密林"后，被迫独自面对厄运的"我"抱怨正是理性的丧失使得自己的天堂变成了地狱：

Than was I woundit to the deth wele nere,

And yoldyn as a wofull prisonnere

To Lady Beautee in a moment space.

Me thoucht scho semyt lustiar of chere

(Efter that Resoun tynt had his eyne clere)

Than of before, and lufliare of face.

Quhy was thou blyndit, Resoun, quhi, allace?

And gert ane hell my paradise appere,

And mercy seme quhare that I fand no grace. (Stanza 24)

伤势严重，奄奄一息

须臾间我沦为美貌女士

凄惨哀切的阶下囚。

我觉得她仿佛愈发兴高采烈

（在理性失去他的明眸后）

比起从前，脸蛋也愈发美丽。

哎呀！理性啊，你为什么瞎了？

将我的天堂变成了地狱

我找不到垂爱，只得到怜悯。

（《金盾》第 24 节，包慧怡 译）

类似地，莎士比亚的第一人称叙事者也哀叹道，"我的理性"本来是医治"我的情欲"（my love）的医生，并且尽职尽责地为这场"热病"开出了处方，然而深陷欲望漩涡的"我"却拒绝遵照医嘱治疗。于是理性这名大夫"弃疗"了，离开了"我"，使得"我"在绝望中不得不直面"纵欲导致死亡"这个黑暗的真相：

My reason, the physician to my love,

Angry that his prescriptions are not kept,

Hath left me, and I desperate now approve

Desire is death, which physic did except.

我的理智——治我的爱的医师，

因为我不用他的处方而震怒，

把我撂下了，如今我绝望而深知

欲望即死亡，假如把医药排除。

"理性"的离开，意味着理性已经不在乎"我"的死活（past care），而理性对"我"的弃之不顾又进一步导致"我"的"无药可救"（past cure），以至于"我"在思想和行动上都几乎成了疯子，并且远远偏离了真相。而"我"对真相的背离表现在言语行为上，就是自己曾发誓黑夫人是"美丽"或"白皙"的（fair）；表现在内心思想上，就是"我"曾相信黑夫人是"明艳"或"心地光明"（bright）的，实情却远非如此。诗人在对句中点出了"你"至少在两个维度上是名副其实的"黑夫人"：像地狱一般漆黑，像夜晚一般幽暗。

Past cure I am, now Reason is past care,

And frantic-mad with evermore unrest;

My thoughts and my discourse as madmen's are,

At random from the truth vainly express'd;

理智走开了，疾病就不能医治，

我将带着永远的不安而疯狂；

我不论思想或谈话，全像个疯子，

远离真实，把话儿随口乱讲；

For I have sworn thee fair, and thought thee bright,

Who art as black as hell, as dark as night.

我曾经赌咒说你美，以为你灿烂，

你其实像地狱那样黑，像夜那样暗。

在《麦克白》第一幕第五场中，通过麦克白夫人初次登场时的著名独白，莎士比亚为我们塑造了一个祈求黑夜和地狱中的黑烟遮盖其罪行的、精神上的"黑夫人"："来，注视着人类恶念的魔鬼们！解除我的女性的柔弱，用最凶恶的残忍自顶至踵贯注在我的全身；凝结我的血液，不要让怜悯钻进我的心头，不要让天性中的恻隐摇动我的狠毒的决意！来，你们这些杀人的助手，你们无形的躯体散满在空间，到处找寻为非作恶的机会，进入我的妇人的胸中，把我的乳水当作胆汁吧！来，阴沉的黑夜，用最昏暗的地狱中的浓烟罩住你自己，让我的锐利的刀瞧不见它自己切开的伤口，让青天不能从黑暗的重衾里探出头来，高喊'住手，住手！'"

天哪! 爱放在我头上的是什么眼儿,
它们反映的绝不是真正的景象!
说是吧, 我的判断力又躲在哪儿,
竟判断错了眼睛所见到的真相?

我的糊涂眼所溺爱的要是真俊,
为什么大家又都说:"不这样, 不"?
如果真不, 那爱就清楚地表明
爱的目力比任谁的目力都不如:

哦! 爱的眼这么烦恼着要守望,
要流泪, 又怎么能够看得准, 看得巧?
无怪乎我会弄错眼前的景象;
太阳也得天晴了, 才明察秋毫。

　　刁钻的爱呵! 你教我把眼睛哭瞎,
　　怕亮眼会把你肮脏的罪过揭发。

泪水
玄学诗

O me! what eyes hath Love put in my head,
Which have no correspondence with true sight;
Or, if they have, where is my judgment fled,
That censures falsely what they see aright?

If that be fair whereon my false eyes dote,
What means the world to say it is not so?
If it be not, then love doth well denote
Love's eye is not so true as all men's: no,

How can it? O! how can Love's eye be true,
That is so vexed with watching and with tears?
No marvel then, though I mistake my view;
The sun itself sees not, till heaven clears.

    O cunning Love! with tears thou keep'st me blind,
    Lest eyes well-seeing thy foul faults should find.

商籁第 148 首与商籁第 149 首再次处理"失明"与"视力"之间的辩证关系，第 148 首谈到一种专属于恋爱者的失明，这种失明由泪水造成，只能被爱情本身治疗。

　　在西德尼爵士的十四行诗集《爱星者与星》第 12 首中，爱神丘比特住在斯黛拉（"星"）的眼睛、头发和嘴唇里：

Cupid, because thou shin'st in Stella's eyes,

That from her locks, thy day-nets, none scapes free,

That those lips swell, so full of thee they be,

That her sweet breath makes oft thy flames to rise …

丘比特，因为你在斯黛拉的眼中闪烁，

从她的鬈发，你白昼的网中，无人能逃脱，

她的双唇鼓起，其中充满了你，

她甜蜜的呼吸时常令你的火焰升起……

（包慧怡 译）

　　在商籁第 148 首开篇，莎士比亚则责问人格化的"爱情"，到底往自己的头颅里安了什么样的眼睛——要不就是这双眼睛看不见真相，要不就是眼睛看得没错，但"判断力"早已溜之大吉，无法对眼睛接收到的"真相"作出正确的裁决。我们在之前的商籁中分析过，"视觉"属于古典–中世纪感官图谱中的五种"外感官"之一,"判断力"则属于五种"内感官"之一。诗人表面上责怪爱神,说他使得自己的外感官甚至内感官错乱,本质上仍继承了第130首商籁的反情诗主题,说黑夫人的外表毫无美感可言。

O me! what eyes hath Love put in my head,
Which have no correspondence with true sight;
Or, if they have, where is my judgment fled,
That censures falsely what they see aright?
天哪! 爱放在我头上的是什么眼儿,
它们反映的绝不是真正的景象!
说是吧, 我的判断力又躲在哪儿,
竟判断错了眼睛所见到的真相?

第二节四行诗是对第一节中已被暗示的"爱情使人盲目"主题的发展。诗人提出了一个"伪两难处境"(false dilemma):如果他"虚假的眼睛"在黑夫人身上见到的是美,为何世人都说她不美? 如果他的眼睛所见的黑夫人并不美,那么说明恋爱中的人是盲目的,竟然能去爱眼见不美的事物。无论哪种情况,眼睛都已被冠上了"虚假"(false)或盲目的罪名,而"我"需要世人目光的认同才能为自己眼中情人的"美"找到正当性,本身已证明这份感情的根基之脆弱。这与诗人在献给俊友的诗篇中那份为了爱人能够与全世界为敌的果决截然不同：

If that be fair whereon my false eyes dote,

What means the world to say it is not so?

If it be not, then love doth well denote

Love's eye is not so true as all men's: no

我的糊涂眼所溺爱的要是真俊，

为什么大家又都说："不这样，不"？

如果真不，那爱就清楚地表明

爱的目力比任谁的目力都不如

在《盲者回忆录》中，德里达书写他对生命的观照（vision），按照如今那"受过洗的"（bathed）眼睛之所见来剖白自己的生活。由此他告白说：那眼睛已经过泪水的净化，生命是一场关于天堂、关于一个秘密的喜悦之地的启示，那喜悦事关生命的奥秘，事关不断重生的奥秘，事关生命作为"死亡之馈赠"，现在他是通过信仰之眼观看生命，通过"被泪水和哭泣弄瞎的眼睛"，而别人为他预留的泪水如今已被镌写在他心上。[1] 莎士比亚的叙事者同样被泪水弄瞎了双眼，但这无关德里达所说的"超验的盲"（transcendental blindness），而纯粹是因为恋爱的痛苦，爱情的眼泪

---

1 Jacques Derrida, *Memoirs of the Blind*, pp. 166–67.

模糊并错乱了诗人的视域（with tears thou keep'st me blind）。就如天空若不放晴，太阳也"一无所见"（sees not）——准确地说是"无从被看见"，太阳在十四行诗集中最频繁出现的固定修饰就是"苍穹之眼"（eye of heaven）。

How can it? O! how can Love's eye be true,

That is so vexed with watching and with tears?

No marvel then, though I mistake my view;

The sun itself sees not, till heaven clears.

哦！爱的眼这么烦恼着要守望，

要流泪，又怎么能够看得准，看得巧？

无怪乎我会弄错眼前的景象；

太阳也得天晴了，才明察秋毫。

O cunning Love! with tears thou keep'st me blind,

Lest eyes well-seeing thy foul faults should find.

刁钻的爱呵！你教我把眼睛哭瞎，

怕亮眼会把你肮脏的罪过揭发。

到了本诗末尾，爱情及其人格形象爱神丘比特，还有被爱的对象黑夫人已经不复有别。爱－爱神－爱人用泪水让诗人失明，是因为如果诗人不失明，就不可能看不见作为被爱对象的黑夫人身上的诸多缺陷。

在莎士比亚的戏剧中，持续的流泪哭泣是患相思病的情人的常见征兆之一。在早期剧本《维洛那二绅士》第二幕第一场中，小丑仆人史比德罗列了这些征兆：

Valentine:

Why, how know you that I am in love?

Speed:

Marry, by these special marks: first, you have

learned, like Sir Proteus, to wreathe your arms,

like a malcontent; to relish a love-song, like a

robin-redbreast; to walk alone, like one that had

the pestilence; to sigh, like a school-boy that had

lost his A B C; to weep, like a young wench that had

buried her grandam; to fast, like one that takes

diet; to watch like one that fears robbing; to

speak puling, like a beggar at Hallowmas. (ll.16–25)

凡伦丁：咦，你怎么知道我在恋爱？

史比德：哦，我从各方面看了出来。第一，您学会了像普洛丢斯少爷一样把手臂交叉在胸前，像一个满腹牢骚的人那样一副神气；嘴里喃喃不停地唱情歌，就像一头知更雀似的；喜欢一个人独自走路，好像一个害着瘟疫的人；老是唉声叹气，好像一个忘记了字母的小学生；动不动流起眼泪来，好像一个死了妈妈的小姑娘；见了饭吃不下去，好像一个节食的人；夜里睡不着觉，好像担心有什么强盗；说起话来带着三分哭音，好像一个万圣节的叫化子。从前您可不是这个样子。您从前笑起来声震四座，好像一只公鸡报晓；走起路来挺胸凸肚，好像一头狮子；只有在狼吞虎咽一顿之后才节食；只有在没有钱用的时候才面带愁容。现在您被情人迷住了，您已经完全变了一个人，当我瞧着您的时候，我简直不相信您是我的主人了。

《维洛纳二绅士》，阿比（Edwin Austin Abbey），
1896—1899 年

冷酷的人啊！你怎能说我不爱恋你？
事实上我跟你一起厌弃了我自己！
你这个暴君啊！谁说我不在想念你？
事实上我是为了你忘记了我自己！

有人厌恶你，我可曾唤他们作朋友？
有人你讨厌，我可曾去巴结，奉承？
不但如此，你跟我生气的时候，
我哪次不立刻对自己叹息、痛恨？

如今，被你那流盼的眼睛所统治，
我的美德都崇拜着你的缺陷，
我还能尊重自己的什么好品质，
竟敢于不屑侍奉你，如此傲慢？

　　但是爱，厌恶吧，我懂了你的心思；
　　你爱能看透你的人，而我是瞎子。

盲人
反情诗

Canst thou, O cruel! say I love thee not,

When I against myself with thee partake?

Do I not think on thee, when I forgot

Am of my self, all tyrant, for thy sake?

Who hateth thee that I do call my friend,

On whom frown'st thou that I do fawn upon,

Nay, if thou lour'st on me, do I not spend

Revenge upon myself with present moan?

What merit do I in my self respect,

That is so proud thy service to despise,

When all my best doth worship thy defect,

Commanded by the motion of thine eyes?

But, love, hate on, for now I know thy mind;

Those that can see thou lov'st, and I am blind.

仍然是在《维洛那二绅士》第二幕第一场中，凡伦丁和史比德关于爱情的盲目性有一段针锋相对的对白。

Valentine:

I have loved her ever since I saw her; and still I

See her beautiful.

Speed:

If you love her, you cannot see her.

Valentine:

Why?

Speed:

Because Love is blind. O, that you had mine eyes;

Or your own eyes had the lights they were wont to

Have when you chid at Sir Proteus for going

Ungartered!

Valentine:

What should I see then?

Speed:

Your own present folly and her passing deformity
(II.66–75)

凡伦丁：我第一次看见她的时候就爱上了她，可是我始终看见她很美丽。

史比德：您要是爱她，您就看不见她。

凡伦丁：为什么？

史比德：因为爱情是盲目的。唉！要是您有我的眼睛就好了！从前您看见普洛丢斯少爷忘记扣上袜带而讥笑他的时候，您的眼睛也是明亮的。

凡伦丁：要是我的眼睛明亮便怎样？

史比德：您就可以看见您自己的愚蠢和她的不堪领教的丑陋。

　　诗人在商籁第 148 首中已经点明，自己对黑夫人的迷恋恰恰出于这种盲目，爱让自己泪眼模糊，看不见黑夫人的丑陋或对这丑陋视而不见："天哪！爱放在我头上的是什么眼儿，／它们反映的绝不是真正的景象！……刁钻的爱呵！你教我把眼睛哭瞎，／怕亮眼会把你肮脏的罪过揭发。"（ll.1–2, 13–14）到了商籁第 149 首中，诗人愤慨的缘由在于，他已违背自己的理性判断，称黑夫人为"美"，并不顾一切地迷恋她（参见商籁第 141 首中"五官和五智"在"一颗痴爱的心"面前的一败涂地），黑夫人却依然怀疑他的感情，声称诗人并不爱她。为此诗人要在第一节中直呼她为"残忍的"，贯穿全诗的四个语气强烈的问句如同诘问："你"如何能否认"我"对"你"的爱，当"我"已经全然爱到忘我？

Canst thou, O cruel! say I love thee not,

When I against myself with thee partake?

Do I not think on thee, when I forgot

Am of my self, all tyrant, for thy sake?

冷酷的人啊！你怎能说我不爱恋你？

事实上我跟你一起厌弃了我自己！

你这个暴君啊！谁说我不在想念你？

事实上我是为了你忘记了我自己！

　　前两句以诘问形式出现的爱的陈词的核心是：为了黑夫人，诗人已与自己为敌（"加入你一起来反对我自己"）；即便在忘记自己时都不曾忘了黑夫人，"为了你成了我自己的暴君"——难道这样都不足以证明"我"的爱？第二节中，诗人从自己和自己的关系转向自己和他人的关系，说他对别人的好恶完全追随黑夫人："有什么人是你恨的，我却称之为朋友？/ 有什么人是你皱眉相对的，我却奉承他？"结果就是，如果"你"向"我"怒目而视，"我"就会长吁短叹而向自己复仇："你"的敌人就是"我"的敌人，哪怕"你"恨的是"我"自己。

Who hateth thee that I do call my friend,

On whom frown'st thou that I do fawn upon,

Nay, if thou lour'st on me, do I not spend

Revenge upon myself with present moan?

有人厌恶你，我可曾唤他们作朋友？

有人你讨厌，我可曾去巴结，奉承？

不但如此，你跟我生气的时候，

我哪次不立刻对自己叹息、痛恨？

第 7 行中表示"怒视"的 lour 一词今天依然在用，但通常用在气象语境中，表示天色突然阴沉，是 lower 一词的罕见拼法，比如：an overcast sky *lowered/loured* over the village（多云的天空在村子上方阴沉下来）。在莎士比亚笔下，该词却与皱眉（frown）意义相近，只是比 frown 更增添一重怒气，有时也直接用来描述人格化了的天气。譬如在《理查三世》第五幕第三场中，理查王在迎战敌军前对不祥天气的评价："今天看不见太阳了；/ 层云封住天宇，低压着我的军队。"（The sun will not be seen to-day; /The sky doth frown and lour upon our army, ll.282–83）

看起来诗人感受的阴晴完全被黑夫人的心情左右，正如他的人际关系（包括和自己的关系）也全然追随自己的情妇。第三节中诗人进一步质问："我身上可曾有任何优点，骄傲到 / 不屑做你的仆人，而我还尊其为优点?"黑夫人的眼波流转掌控着诗人身上的一切美好天赋（my best，包括他的审美能力和创作才华），而这些天赋都一心一意地膜拜她的缺陷，并把黑夫人的缺陷看作优点：

What merit do I in my self respect,

That is so proud thy service to despise,

When all my best doth worship thy defect,

Commanded by the motion of thine eyes?

如今，被你那流盼的眼睛所统治，

我的美德都崇拜着你的缺陷，

我还能尊重自己的什么好品质，

竟敢于不屑侍奉你，如此傲慢？

有缺陷甚至满是缺陷的女人具有让人看不见其缺陷，甚至以其缺陷为美的能力，这是莎士比亚笔下"致命女性"（femme fatale）的一个显著特征。比如《安东尼与克莉奥佩特拉》第二幕第二场中爱诺巴勃斯对埃及艳后的描述：

… I saw her once

Hop forty paces through the public street;

And having lost her breath, she spoke, and panted,

That she did make defect perfection,

And, breathless, power breathe forth.（ll. 232–36）

我有一次看见她从市街上奔跳过去，一边喘息一边说话；那吁吁娇喘的神气，也是那么楚楚动人，在她破碎的语言里，自有一种天生的媚力。

朱生豪译本没有将"使缺陷化为完美"（make defect perfection）这一意思体现出来，而是与"气喘吁吁"一起合并意译了。类似地，黑夫人虽然满身缺陷，却对诗人具有决定性的吸引力。最后的对句将这种悖论反过来用到黑夫人身上，说黑夫人在爱情上同样不可理喻：她只爱那些能看见她的种种缺陷的"明眼人"，却不肯爱那对她的缺陷视而不见、盲目献身于她的诗人。这就使得迄今为止一直在诗人身上演绎的爱情的违背理性的特质获得了普遍性：

But, love, hate on, for now I know thy mind;
Those that can see thou lov'st, and I am blind.
但是爱，厌恶吧，我懂了你的心思；
你爱能看透你的人，而我是瞎子。

对于爱情与理性之间的这种不兼容，莎士比亚也曾在《仲夏夜之梦》第三幕第一场中借波顿之口直言不讳：

Methinks, mistress, you should have little reason

for that: and yet, to say the truth, reason

and love keep little company together now-a-days;

the more the pity that some honest neighbours will

not make them friends. (ll.142–46)

　　不过说老实话，现今世界上理性可真难得跟爱情碰头；也没有哪位正直的邻居大叔给他俩撮合撮合做朋友，真是抱歉得很。

埃及艳后之死，公元1世纪庞贝壁画

呵，从什么威力中你得了力量，
能带着缺陷把我的心灵指挥？
能教我胡说我忠实的目光撒谎，
并断言阳光没有使白天明媚？

用什么方法，你居然化丑恶为美丽，
使你的种种恶行——如此不堪，
却具有无可争辩的智慧和魅力，
使你的极恶在我心中胜过了至善？

愈多听多看，我愈加对你厌恶，
可谁教给你方法使我更爱你？
虽然我爱着别人憎厌的人物，
你不该同别人来憎厌我的心意：

　　你毫不可爱，居然激起了我的爱，
　　那我就更加有价值让你爱起来。

魔法师
反情诗

O! from what power hast thou this powerful might,
With insufficiency my heart to sway?
To make me give the lie to my true sight,
And swear that brightness doth not grace the day?

Whence hast thou this becoming of things ill,
That in the very refuse of thy deeds
There is such strength and warrantise of skill,
That, in my mind, thy worst all best exceeds?

Who taught thee how to make me love thee more,
The more I hear and see just cause of hate?
O! though I love what others do abhor,
With others thou shouldst not abhor my state:

    If thy unworthiness rais'd love in me,
    More worthy I to be belov'd of thee.

商籁第 150 首在主题上可以看作前三首商籁的延续，至此，从第 147 首一直延续到本首的内嵌组诗得以完成，这几首诗处理的都是爱情的炽烈和被爱对象的缺陷之间看似不可调和，实则能够自洽的矛盾——这种自洽通过黑夫人自带的化腐朽为神奇的"魔法师"属性，以及诗人诡辩式的论证共同达成。

在《仲夏夜之梦》第五幕第一场中，希波吕忒与忒修斯讨论爱情的缘起，忒修斯将情人和疯子、诗人归为一类，说这三类人都受控于幻象而背离了理智：

Hippolyta:

'Tis strange my Theseus, that these lovers speak of.

Theseus:

More strange than true: I never may believe

These antique fables, nor these fairy toys.

Lovers and madmen have such seething brains,

Such shaping fantasies, that apprehend

More than cool reason ever comprehends.

The lunatic, the lover and the poet

Are of imagination all compact:

One sees more devils than vast hell can hold,

That is, the madman: the lover, all as frantic,

Sees Helen's beauty in a brow of Egypt:

The poet's eye, in fine frenzy rolling,

Doth glance from heaven to earth, from earth to
   heaven;

And as imagination bodies forth

The forms of things unknown, the poet's pen

Turns them to shapes and gives to airy nothing

A local habitation and a name.

Such tricks hath strong imagination,

That if it would but apprehend some joy,

It comprehends some bringer of that joy;

Or in the night, imagining some fear,

How easy is a bush supposed a bear! (ll.1830−52)

希波吕忒：忒修斯，这些恋人们所说的话真是奇怪
得很。

忒修斯：奇怪得不像会是真实。我永不相信这种古怪
的传说和胡扯的神话。情人们和疯子们都富于纷乱的
思想和成形的幻觉，他们所理会到的永远不是冷静的
理智所能充分了解的。疯子、情人和诗人，都是幻想的
产儿：疯子眼中所见的鬼，多过于广大的地狱所能容
纳的；情人，同样是那么疯狂，能从埃及人的黑脸上
看见海伦的美貌；诗人的眼睛在神奇的狂放的一转中，

便能从天上看到地下，从地下看到天上。想象会把不知名的事物用一种形式呈现出来，诗人的笔再使它们具有如实的形象，空虚的无物也会有了居处和名字。强烈的想象往往具有这种本领，只要一领略到一些快乐，就会相信那种快乐的背后有一个赐予的人；夜间一转到恐惧的念头，一株灌木一下子便会变成一头熊。

商籁第 150 首处理的同样是爱情中理智的丧失，诗人开篇伊始便将矛头直指黑夫人，质问她究竟有何种能量，能够用"缺陷"（insufficiency）令自己心摇神驰。与此同时，"你"还动摇了"我"的"眼见为实"的根基，让"我"不承认、拒绝相信自己看到的真相，即"你"并不美，反而是"明艳"（brightness）的反面。"你"甚至令"我"矢口否认普遍的美学准则或常识：为白昼带去光辉的理应是"明艳"，而"你"肤色或心灵的晦暗是"明艳"的反面，但却能够为"我"一个人的白昼增辉。

O! from what power hast thou this powerful might,
With insufficiency my heart to sway?
To make me give the lie to my true sight,
And swear that brightness doth not grace the day?
呵，从什么威力中你得了力量，

能带着缺陷把我的心灵指挥？

能教我胡说我忠实的目光撒谎，

并断言阳光没有使白天明媚？

在黑夫人组诗的开篇诗（商籁127首《黑夫人反情诗》）中，诗人描述黑夫人的眼睛如同乌鸦一般黑，绝非典型美人的湛蓝色，但"由于她的眉眼与哀悼的神情如此相称 / 每个人都不得不说，这就是美的真身"（ll.13–14）。作为序列中的第一首商籁，第127首可谓黑夫人的"人物建置"之作，而黑夫人的人设中最新颖的部分还不是"黑"和"丑陋"（ill），而是她竟然能够让自己与黑和丑"相称"（becoming）或"适合"（suited）。是否相称与适合的相对准则战胜了美丑、黑白的绝对准则，黑夫人的核心魅力就在于打破常规的审美标准，让常识中的"丑"通过"相称"而变成某种近似于美的东西。这种化腐朽为神奇的能力不仅体现在黑夫人的外表特征中，还体现在她的性格和行为里，即商籁第150首第二节所谓：

Whence hast thou this becoming of things ill,

That in the very refuse of thy deeds

There is such strength and warrantise of skill,

That, in my mind, thy worst all best exceeds?

用什么方法，你居然化丑恶为美丽，

使你的种种恶行——如此不堪，

却具有无可争辩的智慧和魅力，

使你的极恶在我心中胜过了至善？

诗人笔下的黑夫人具有了女魔法师般的能力，能让她"最差劲的行为"变得远胜普通人"最好的一切"。第6行"你品行中的渣滓"（the very refuse of thy deeds）中的 refuse 作名词，表示最无用和糟糕的部分，也即第8行"你的至恶"（thy worst）。在第三节中，诗人继续对黑夫人这种魔术师般的转换能力发起质疑，这次是针对她的师承：究竟是谁教会"你"这种能力，让"我"越是看到和听到"你"身上的可憎之处，反而爱得越深？

Who taught thee how to make me love thee more,

The more I hear and see just cause of hate?

O! though I love what others do abhor,

With others thou shouldst not abhor my state:

愈多听多看，我愈加对你厌恶，

可谁教给你方法使我更爱你？

虽然我爱着别人憎厌的人物，

你不该同别人来憎厌我的心意：

If thy unworthiness rais'd love in me,

More worthy I to be belov'd of thee.

你毫不可爱，居然激起了我的爱，

那我就更加有价值让你爱起来。

本诗的转折段出现在第三节的后半部分，一直延续到全诗结束。对于通篇可被归纳为"你不美（无论外表或行为），我却爱你至深"的悖论式前提，诗人试图用一个悖论式结论去消解它：尽管"我"爱那别人所憎恶的，"你"却不该和别人一起憎恶"我"的这种反常；如果"你"的"不值得"（unworthiness）反而令"我"心中升起爱，那"我"就应该更"值得"（worthy）"你"去爱。

无论在写实还是象征意义上，诗人笔下的黑夫人都属于黑夜的阵营，与光明（brightness）和白昼（day）不可兼容。类似地，在《仲夏夜之梦》第三幕第二场中，莎士比亚借迫克之口讲述了白昼与黑夜的势不两立——白昼有时会揭示那些属于黑夜阵营者的耻辱：

Puck:

For night's swift dragons cut the clouds full fast,

And yonder shines Aurora's harbinger;

At whose approach, ghosts, wandering here and there,

Troop home to churchyards: damned spirits all,

That in crossways and floods have burial,

Already to their wormy beds are gone;

For fear lest day should look their shames upon,

They willfully themselves exile from light

And must for aye consort with black-brow'd night. (ll.

1436−44)

迫克：

因为黑夜已经驾起他的飞龙；

晨星，黎明的先驱，已照亮苍穹；

一个个鬼魂四散地奔返殡宫：

还有那横死的幽灵抱恨长终，

道旁水底有他们的白骨成丛，

为怕白昼揭露了丑恶的形容，

早已向重泉归寝，相伴着蛆虫；

他们永远见不到日光的融融，

只每夜在暗野里凭吊着凄风。

（朱生豪 译）

众仙起舞,《仲夏夜之梦》, 威廉·布莱克
(William Blake), 约 1786 年

爱神太幼小，不知道良心是什么；
可是谁不知良心是爱的产物？
那么，好骗子，别死剋我的过错，
因为，对于我的罪，你并非无辜。

你有负于我，我跟我粗鄙的肉体
同谋而有负于我那高贵的部分；
我的灵魂对我的肉体说他可以
在爱情上胜利；肉体不爱听高论，

只是一听到你名字就起来，指出你
是他的战利品。他因而得意扬扬，
十分甘心于做你的可怜的仆役，
情愿站着伺候你，倒在你身旁。

这样做不是没良心的：如果我把她
叫作爱，为了她的爱，我起来又倒下。

Love is too young to know what conscience is,
Yet who knows not conscience is born of love?
Then, gentle cheater, urge not my amiss,
Lest guilty of my faults thy sweet self prove:

For, thou betraying me, I do betray
My nobler part to my gross body's treason;
My soul doth tell my body that he may
Triumph in love; flesh stays no farther reason,

But rising at thy name doth point out thee,
As his triumphant prize. Proud of this pride,
He is contented thy poor drudge to be,
To stand in thy affairs, fall by thy side.

  No want of conscience hold it that I call
  Her 'love,' for whose dear love I rise and fall.

我们来到了黑夫人系列的倒数第二首十四行诗。继第146 首（《“鄙夷尘世”玄学诗》）对生命的反思之后，本诗是一首探究爱情本质的玄学诗，也是公认的整本十四行诗集中最费解的诗之一。与第146 首不同，本诗并未采取独白体，而是先以第二人称向黑夫人祈愿，再在对话中套入第二层对话，对话的双方是诗人自己的肉体和灵魂。在这种嵌套结构中，第一重对话发生在诗人与黑夫人间，诗人首先反思爱情与良知（conscience）的关系，得出的结论是，爱神太年轻，所以不知道良知是什么，但良知恰恰诞生自爱情。[1] 接着，诗人规劝黑夫人不要诱导自己犯错，否则她将不得不为诗人犯下的错误担责。

[1] 不乏学者认为“良知”一词在本诗中始终与性暗示相去不远。比如莎士比亚一定不会错过包含在 prick of conscience（良心发现，直译“良知的一戳”）这一常用短语中的性意象（prick 在俚语中指阳具），又比如莎士比亚可能知道拉丁文谚语 *penis erectus non habet conscientiam*（“勃起的阳具没有良知”）。在早期现代英语中，conscience 有时拼作 cunscience，与 cunt-science（关于女性性器官的知识）仅差一个字母，莎士比亚曾在剧本中用 con- 与 cun- 的形近制造性双关，显然，伊丽莎白时期的剧院观众欢迎并经常期待这类双关。参见 http://www.shakespeares-sonnets.com/sonnet/151。

Love is too young to know what conscience is,

Yet who knows not conscience is born of love?

Then, gentle cheater, urge not my amiss,

Lest guilty of my faults thy sweet self prove

爱神太幼小，不知道良心是什么；

可是谁不知良心是爱的产物？

那么，好骗子，别死剋我的过错，

因为，对于我的罪，你并非无辜。

　　诗人犯下的错何以能归咎到黑夫人头上？第二节中给出的解释是：黑夫人的背叛会导致诗人的自我背叛，向他粗劣的肉体出卖自己的灵魂（第 6 行中所谓"高贵的部分"）。诗人由此假想了自己的身体与灵魂展开的一场辩论：灵魂向身体指出，在爱情中取胜的必然是他（灵魂），身体却无法赞同灵魂的意见，也不能忍受灵魂的絮叨（动词 stay 在第 8 行中既有"赞同"之义，又有"忍受"之义），而要直白地表达自己的立场。

For, thou betraying me, I do betray

My nobler part to my gross body's treason;

My soul doth tell my body that he may

Triumph in love; flesh stays no farther reason

你有负于我，我跟我粗鄙的肉体

同谋而有负于我那高贵的部分；

我的灵魂对我的肉体说他可以

在爱情上胜利；肉体不爱听高论

　　第二节、第三节的内容发展了古代晚期和中世纪抒情诗中的"灵肉对话"传统。这属于广义上的辩论诗传统，这一子文类在古英语、中古英语、早期现代英语文学中都有不少变体。古英语文学手稿汇编"维切利手抄本"（*Vercelli Book*）中就保留了盎格鲁–撒克逊时代"灵肉对话诗"的典范《灵魂与身体I》（*Soul and Body I*），这首诗的一个更完整的版本《灵魂与身体II》（*Soul and Body II*）则被保留在"埃克塞特手抄本"（*Exeter Book*）中。"灵肉对话"类抒情诗通过想象"灵"在"肉"死亡后可能遭受的痛苦，直接回应了平信徒关于灵魂终极归宿的困惑，也为"如何为来生作准备"这一死亡心理建设的核心问题提供了答案：勤于克己，漠视肉体需求，用美德和良善指引人生。在"灵肉对话"诗中，灵魂往往指责身体软弱堕落，并列举一系列典型的"死亡征兆"，作为肉身道德沦丧的明证；身体则经常反驳说，一切都是因为灵魂没有指引它如何虔敬地使用五种感官。

商籁第151首并不像典型"灵肉对话"诗那样关心灵魂的获救，也并未用第一、第二人称直接引出灵魂和肉体唇枪舌剑的辩论，而是保留了两者的主人"我"作为第一人称叙事者，向读者"转述"自己的灵魂与肉体的辩论。诗人的灵魂虽然没有直白地列举"死亡征兆"来指责肉体软弱，却通过短短一句"他（灵魂）会在爱情中取得胜利"向肉体发起了挑战，宣告了肉体不配占有爱情。不甘示弱的

肉体却"指出你（黑夫人）是他（肉体）的战利品"，并且
因此而沾沾自喜。第三节在呈现"灵肉辩论"中肉体的反
击的同时，整节都诉诸一系列性双关，以几近猥亵的语言
表现肉体对黑夫人的回应："听见你的名字就起身（勃起）"，
"在你的事务（器官）中耸立"，"在你身边倒下（疲软）"，
"满足于做你可怜的苦工"。

But rising at thy name doth point out thee,
As his triumphant prize. Proud of this pride,
He is contented thy poor drudge to be,
To stand in thy affairs, fall by thy side.
只是一听到你名字就起来，指出你
是他的战利品。他因而得意扬扬，
十分甘心于做你的可怜的仆役，
情愿站着伺候你，倒在你身旁。

对句延续了第三节中的性双关，诗人说自己为了得到
黑夫人的爱而奔波忙碌（rise and fall），这个词组又可以解
为肉体（尤其是性器）随着黑夫人的"爱"而起落，或许他
的灵魂亦如是。基于此，诗人呼吁读者记住（hold it），他
不是由于缺乏良知而称"黑夫人"为"爱人"，这也就呼应
了第2行中以反问形式出现的沉思的结论："良知是爱情的

产物。"根据一种略显牵强而并不精确的逻辑，由于诗人如此衷心地顺从黑夫人的心愿，即使他起初不是听从良心的声音才迷恋上黑夫人，但在爱上之后，曾经缺席的良知终于姗姗来迟。"我"在对"她"的爱中——或许这种爱是情欲的升华，或许就是情欲本身——逐渐有了自知，完成了某种意义上的自我整全，至少在对黑夫人的服从和效忠上，可以自称是"不缺乏良知的"。

No want of conscience hold it that I call
Her 'love,' for whose dear love I rise and fall.
这样做不是没良心的：如果我把她
叫作爱，为了她的爱，我起来又倒下。

在爱你这点上，你知道我不讲信义，
不过你发誓爱我，就两度背了信；
床头盟你撕毁，新的誓言你背弃，
你结下新欢，又萌发新的憎恨。

但是，你违了两个约，我违了一打半——
还要责备你？我罚的假咒可多了；
我罚的咒呀，全把你罚了个滥，
我的信誉就都在你身上失落了：

因为我罚咒罚得凶，说你顶和善，
说你爱得挺热烈，挺忠贞，不会变；
我为了给你光彩，让自己瞎了眼，
或让眼发誓——发得跟所见的相反；

我曾罚过咒，说你美：这是个多么
虚伪的谎呀，我罚的假咒不更多么！

背誓
反情诗

In loving thee thou know'st I am forsworn,

But thou art twice forsworn, to me love swearing;

In act thy bed-vow broke, and new faith torn,

In vowing new hate after new love bearing:

But why of two oaths' breach do I accuse thee,

When I break twenty? I am perjur'd most;

For all my vows are oaths but to misuse thee,

And all my honest faith in thee is lost:

For I have sworn deep oaths of thy deep kindness,

Oaths of thy love, thy truth, thy constancy;

And, to enlighten thee, gave eyes to blindness,

Or made them swear against the thing they see;

    For I have sworn thee fair; more perjur'd I,

    To swear against the truth so foul a lie!

我们来到了黑夫人组诗的最后一首，也是整个十四行诗系列中有具体"历史人物"出现的最后一首诗。但商籁第152首并非告别诗，诗人与黑夫人之间的情欲纠葛并未取得任何终极解决方案，仿佛被困于永恒的彼此背叛又和解的灵泊狱中，诗人通过对这第一段（或许也包括其他几段）婚外艳情史的反思，加深了对自身本性的认识。

本诗充满了关于起誓、背誓和伪誓的词汇，或许是整个诗系列中法律术语最密集的十四行诗。"背誓"（forswear）出现了两次，"起誓"（swear及其变体）出现了五次，"誓言"（oath）四次，"誓约"（vow）两次，"真相"（truth）和"真实"（faith）各两次，等等。许多语句都让人想起英语法庭上时常必要的证人誓词："你是否庄重起誓，即将呈上的供词是真相，完整的真相，仅有真相？"（Do you solemnly swear that the evidence you will give will be the truth, the whole truth, and nothing but the truth?）而在商籁第152首第一节中，诗人就开门见山地承认自己的背誓，"我知道，由于爱你，我背弃了誓言"，"誓言"最显而易见的所指是诗人自己的婚约。但诗人进而指出，当黑夫人说她爱着他，她却是违背了双重誓言（twice forsworn）——或许一重是黑夫人自己的婚约，一重是对诗人之外的另一名婚外恋人的誓约，也可能第二重背誓是针对诗人本身的，因为黑夫人在诗人之外另有情人，也就是违背了对诗人的誓言。

In loving thee thou know'st I am forsworn,

But thou art twice forsworn, to me love swearing;

In act thy bed-vow broke, and new faith torn,

In vowing new hate after new love bearing

在爱你这点上，你知道我不讲信义，

不过你发誓爱我，就两度背了信；

床头盟你撕毁，新的誓言你背弃，

你结下新欢，又萌发新的憎恨。

诗人自述，黑夫人在"另寻新欢"（new love bearing）后撕毁了新的誓言，又赌咒发起新的憎恶（vowing new hate），但他却没有权利去谴责这双重的背誓，因为诗人自己打破的誓言都有二十种，他自己才是最大的伪证者：

But why of two oaths'breach do I accuse thee,

When I break twenty? I am perjur'd most;

For all my vows are oaths but to misuse thee,

And all my honest faith in thee is lost

但是，你违了两个约，我违了一打半——

还要责备你? 我罚的假咒可多了;

我罚的咒呀，全把你罚了个滥，

我的信誉就都在你身上失落了

　　这里的"二十"虽然是确切的数字，却和莎士比亚其他地方使用的"score"等约数一样，极言数字之多，比如在《维纳斯与阿多尼斯》第 833—834 行中，维纳斯发出了二十声悲叹，而这二十声悲叹又被回声重复了二十遍，"'唉，我啊！'她哭喊了二十次'悲哉，悲哉！'/这又引起了二十次回声，同样的哀号"（'Ay me!' she cries, and twenty times 'Woe, woe!'/And twenty echoes twenty times cry so）。又比如，在《暴风雨》第五幕第一场中，米兰达对腓迪南说："我说你作弄我；可是就算你并吞了我二十个王国，我还是认为这是一场公正的游戏。"（Yes, for a score of kingdoms you should wrangle, /And I would call it, fair play, ll. 174–75）

　　在商籁第 152 首中，诗人说自己没有立场去指责双重背誓的情人，因为自己违背的誓言更是不计其数。他们两人在破坏誓言或作伪证这件事上早已是无法分开的同谋者，各自欺骗自己的配偶，各自欺骗自己的婚外情人（在诗人这里还包括他所挚爱的俊友），同时也各自欺骗对方。然而诗人在第三节中笔锋一转，又将上文的自我检讨扭转到了新的方向，原来"我"承认自己是"最大的伪证者"（I am perjur'd most），这种伪证和假誓的内容却还是关于黑夫人的。"我"曾"深深起誓"说"你"具有"深深的善良"以及无边的爱、真和忠诚，为了"让你光彩照人"（enlighten thee）而甘愿自己双目失明，甚至教自己的眼睛起假誓，把看见的"丑"（foul）硬说成"美"（fair），这是第147—150首这四首小型内嵌组诗中反复出现过的主题。

For I have sworn deep oaths of thy deep kindness,
Oaths of thy love, thy truth, thy constancy;
And, to enlighten thee, gave eyes to blindness,
Or made them swear against the thing they see;
因为我罚咒罚得凶，说你顶和善，
说你爱得挺热烈，挺忠贞，不会变；
我为了给你光彩，让自己瞎了眼，
或让眼发誓——发得跟所见的相反；

For I have sworn thee fair; more perjur'd I,
To swear against the truth so foul a lie!
我曾罚过咒，说你美：这是个多么
虚伪的谎呀，我罚的假咒不更多么!

本诗对句第一行的前半部分是对商籁第147首对句同

1482

一部分的重复：

For I have sworn thee fair and thought thee bright,
Who art as black as hell, as dark as night. (ll.13–14,
    Sonnet 147)

我曾经赌咒说你美，以为你灿烂，
你其实像地狱那样黑，像夜那样暗。

　　如此之多的作假，如此之多的对自己和自己的爱慕对象作假的洞知，以及自己始终不曾动摇的对这段被"假"主宰的关系的沉迷，对于在前126首中歌颂"美"与"真"的合一、将"真"视为至高价值的诗人而言，这无疑提出了莫大的伦理与审美挑战：他要如何从中获得自我和解，或相信频频作伪之后的自己还能是"真"与"美"的代言人？更有甚者，诗人是一个语言的提纯者，黑夫人组诗比起俊美青年组诗频率更高地出现了用词重复、语义模糊、句法不精确、主题不发展等"瑕疵"，这对一个作家而言是比对身体的"错用"（misuse）更不可原谅的滥用（abuse）。但诗人的难得之处在于，对这一切他的确有清醒的认识，能够用理性的声音来描述理性之丧失，在执迷不悔中剖析自己的痴迷，这种悖论的诗艺是贯穿黑夫人组诗的一种复杂的美德。

从第 127 首到第 152 首，莎士比亚用 26 首挑战古典情诗传统的十四行诗浓墨重彩地完成了黑夫人系列。在这场充满内疚、反省、背叛、伪证的情欲奥德赛中，叙事者渐进而无声地坦白了一种自我认知：或许他对滥情的黑夫人情有独钟并非偶然，或许黑夫人的这种"兼收并蓄"恰恰是她对他最核心的吸引力所在。他们是婚外猎艳的竞争对手、两性通吃的同谋、情爱竞技场上来者不拒的队友；他们伤害他人又彼此伤害，在他处受挫时以彼此为庇护所，并因了解而惺惺相惜，彼此互为系铃人和解铃人，在堕落中互相慰藉，在共同沉沦中成为知交。写作黑夫人序列是诗人发现、了知并进而剖析自己心灵暗面的过程，这些"反情诗"和作为明面的俊美青年组诗同样真实，同样是了解诗人及其个性自画像的不可或缺的文本。将黑夫人组诗与俊美青年组诗结合起来阅读，我们才能对恋爱中的诗人，或至少对莎士比亚笔下人类复杂的情欲世界有更彻底的了知，才能更全面地理解莎士比亚普罗透斯式的、既个人又普世的抒情声音。

灵魂脱离肉身，15 世纪法国手稿

丘比特丢下了他的火炬，睡熟了：
狄安娜的一个天女就乘此机会
把他这激起爱情的火炬浸入了
当地山谷间一条冰冷的泉水；

泉水，从这神圣的爱火借来
永远活泼的热力，永远有生机，
就变成沸腾的温泉，人们到现在
还确信这温泉有回春绝症的效力。

我情人的眼睛又燃起爱神的火炬，
那孩子要试验，把火炬触上我胸口，
我顿时病了，急于向温泉求助，
就赶去做了个新客，狂躁而哀愁，

　　但是没效力：能医好我病的温泉
　　是重燃爱神火炬的——我情人的慧眼。

Cupid laid by his brand and fell asleep:
A maid of Dian's this advantage found,
And his love-kindling fire did quickly steep
In a cold valley-fountain of that ground;

Which borrow'd from this holy fire of Love,
A dateless lively heat, still to endure,
And grew a seething bath, which yet men prove
Against strange maladies a sovereign cure.

But at my mistress' eye Love's brand new-fired,
The boy for trial needs would touch my breast;
I, sick withal, the help of bath desired,
And thither hied, a sad distemper'd guest,

  But found no cure, the bath for my help lies
  Where Cupid got new fire; my mistress' eyes.

商籁第153首和第154首都是阿那克里翁式的轻快小调，诙谐灵动，具有喜剧色彩，不少学者把这一对最后的商籁和商籁第145首（《安妮·海瑟薇情诗》）一起，归为莎士比亚的早期诗歌习作，只是后来正式集结时才随机插入整个更成熟的诗系列中。不过，这两首诗的位置毕竟是在154首十四行诗的最后，即使它们不像俊美青年序列中的最后一首（第126首《结信语情诗》）那样满足我们对收官之作的预期，我们依然不难看出它们同刚刚终结的黑夫人序列之间千丝万缕的联系。

后世编纂者一般认为商籁第153、154首取材于5世纪拜占庭诗人斯科拉提乌斯（Marcianus Scholasticus）的一首仅有六行的希腊文短诗，而莎士比亚或许是从某位友人那里读到了该诗的英译——阿登版《莎士比亚十四行诗》的编辑凯瑟琳·邓肯-琼斯认为是通过本·琼森。斯科拉提乌斯的小诗中记载了小爱神丘比特的这则轶事：宁芙们从熟睡的丘比特身边偷走了他的火炬，将之放在泉水中试图使之熄灭，结果却把冰凉的山泉变成了温泉。这差不多也就是商籁第153首前两节四行诗的主体叙事，只是莎士比亚增添了更多生动的细节，比如说这新变的温泉是一口能治奇病的沸腾之泉，又比如将水中神女宁芙替换成了处女狩猎神狄安娜的侍女，贞洁的狄安娜及其女伴向来是点燃爱欲之火的丘比特的对立面。

Cupid laid by his brand and fell asleep:

A maid of Dian's this advantage found,

And his love-kindling fire did quickly steep

In a cold valley-fountain of that ground;

丘比特丢下了他的火炬，睡熟了：

狄安娜的一个天女就乘此机会

把他这激起爱情的火炬浸入了

当地山谷间一条冰冷的泉水；

Which borrow'd from this holy fire of Love,

A dateless lively heat, still to endure,

And grew a seething bath, which yet men prove

Against strange maladies a sovereign cure.

泉水，从这神圣的爱火借来

永远活泼的热力，永远有生机，

就变成沸腾的温泉，人们到现在

还确信这温泉有回春绝症的效力。

"冰冷的山谷幽泉"（cold valley-fountain）从爱神的火炬那里借来"爱的圣火"（holy fire of Love），成为汩汩冒泡的温泉，能够"为奇异的疾病提供神效"（against strange maladies a sovereign cure）。评注者们历来将这复数的"奇异的疾病"（strange maladies）看作某类性病，最有可能包括的是"梅毒"，这种通过性接触传播的疾病在英国被称作"法国病"（French malady），也有称为"意大利风流病"的。无论如何，在当时英国人的叙事中，梅毒是一种舶来品，也就暗合 strange 一词的另一重词义——"外来的，异邦的"，相当于法语中的 étrange。讽刺的是，我们将在第三节中看到，作为处方的这股温泉，其力量之源与"我"期望被它医治好的那种疾病的源头是一模一样的：都是爱神的火炬。只不过"我"是被丘比特本人用新火炬触碰了胸口，而得了这种火烧火燎的相思病，温泉却是被月神的侍女用丘比特的旧火炬点沸：

But at my mistress' eye Love's brand new-fired,
The boy for trial needs would touch my breast;
I, sick withal, the help of bath desired,
And thither hied, a sad distemper'd guest,
我情人的眼睛又燃起爱神的火炬，
那孩子要试验，把火炬触上我胸口，
我顿时病了，急于向温泉求助，
就赶去做了个新客，狂躁而哀愁，

But found no cure, the bath for my help lies

Where Cupid got new fire; my mistress' eyes.

但是没效力：能医好我病的温泉

是重燃爱神火炬的——我情人的慧眼。

　　在组成本诗后半部分的六行诗中我们会发现，爱神正是在"我情妇的眼睛"中重新点燃他熄灭的火炬，并在"我"的胸口"试火"（用火炬触碰"我"的前胸／心）。也就是说，通过爱神的中介作用，情人的眼睛是"我"犯病的病根，而"我"匆匆跑去温泉那里，却发现那传说有神效的温泉对"我"的病无济于事，而能治好"我"的唯一的"温泉"（bath），在于"我情妇的眼睛"那两汪清泉（my mistress' eyes）——我们再一次看到，病根与药方同出一辙，整首诗到最后一行构成了一种首尾相衔的循环。前八行中的"剧中人"（丘比特／爱若斯和月神女伴）全然属于神话的领域，后六行中的"我"和"我的情妇"一半属于寓意领域（"我"去情人的目光中寻找相思病的处方，这是适用于一切恋人的普遍处境），一半属于历史领域（"我"可以被看作与黑夫人组诗中的叙事者"我"是同一人，"我的情妇"也可以被看作就是黑夫人）。与献给俊友和黑夫人的商籁中的"我"不尽相同，最后两首商籁中的"我"既可以从历史层面去理解，也因其与神话人物自由亲密互动的能力，而与我们所居住的现实世界维持了一定的距离。

本诗中连接"爱神的火炬"、温泉、"我"和"我"情妇的眼睛的，是诗人所谓"爱的圣火"（holy fire of Love）。莎士比亚在剧作中也一再将爱情比作火焰，比如在《维洛那二绅士》第二幕第七场朱利娅（Julia）与露西塔（Lucetta）的对话中：

Julia:

O, know'st thou not his looks are my soul's food?

Pity the dearth that I have pined in,

By longing for that food so long a time.

Didst thou but know the inly touch of love,

Thou wouldst as soon go kindle fire with snow

As seek to quench the fire of love with words.

Lucetta:

I do not seek to quench your love's hot fire,

But qualify the fire's extreme rage,

Lest it should burn above the bounds of reason.

Julia:

The more thou damm'st it up, the more it burns. (ll.15–24)

朱利娅：啊，你不知道他的目光是我灵魂的滋养吗？我在饥荒中因渴慕而憔悴，已经好久了。你要是知道一个人在恋爱中的内心的感觉，你就会明白用空言来压遏爱情的火焰，正像雪中取火一般无益。

露西塔：我并不是要压住您的爱情的烈焰，可是这把火不能够让它燃烧得过于炽盛，那是会把理智的藩篱完全烧去的。

朱利娅：你越把它遏制，它越燃烧得厉害。

小小的爱神，有一次睡得挺沉，
把点燃爱火的火炬搁在身边，
恰巧多少位信守贞洁的小女神
轻步走来；最美的一位天仙

用她的处女手把那曾经点燃
无数颗爱心的火炬拿到一旁；
如今那爱情之火的指挥者在酣眠，
竟被贞女的素手解除了武装。

她把火炬熄灭在近旁的冷泉中，
泉水从爱火得到永恒的热力
就变成温泉，对人间各种病痛
都有灵效；但是我，我情人的奴隶，

也去求治，把道理看了出来：
爱火烧热泉水，泉水凉不了爱。

商籁
第 154 首

————————

温泉
玄学诗

The little Love-god lying once asleep,

Laid by his side his heart-inflaming brand,

Whilst many nymphs that vow'd chaste life to keep

Came tripping by; but in her maiden hand

The fairest votary took up that fire

Which many legions of true hearts had warm'd;

And so the general of hot desire

Was, sleeping, by a virgin hand disarm'd.

This brand she quenched in a cool well by,

Which from Love's fire took heat perpetual,

Growing a bath and healthful remedy,

For men diseas'd; but I, my mistress' thrall,

Came there for cure and this by that I prove,

Love's fire heats water, water cools not love.

商籁第 154 首是商籁第 153 首的双联诗，同样也是一首阿那克里翁风格的诙谐小品。此诗的"剧中人"与核心情节都与前一首相同：睡着的丘比特被贞女偷走了火炬，这火炬被熄灭于一口泉水中，泉水变成了有医疗效果的温泉，第一人称叙事者"我"慕名前去求医，但并没有在温泉中得到医治。

莎士比亚曾在《特洛伊罗斯与克丽希达》中如此描写丘比特的行为模式："振作起来吧，只要您振臂一呼，那柔弱轻佻的丘比特就会从你的颈上放松他淫荡的拥抱，像雄狮鬣上的一滴露珠似的，摇散在空气之中。"但在十四行诗系列的末尾，丘比特丧失了他通常的轻快，主要以美少年恩底弥翁般嗜睡慵懒的形象出现。商籁第 154 首这首关于小爱神的富有喜剧色彩的作品与第 153 首同样起源于丘比特的睡眠，只不过，商籁第 153 首中偷走爱神火炬的是"月神的侍女"（A maid of Dian's），到了第 154 首中则成了"众多宁芙"（many nymphs）中的一位。

The little Love-god lying once asleep,

Laid by his side his heart-inflaming brand,

Whilst many nymphs that vow'd chaste life to keep

Came tripping by; but in her maiden hand

小小的爱神，有一次睡得挺沉，

把点燃爱火的火炬搁在身边，

恰巧多少位信守贞洁的小女神

轻步走来；最美的一位天仙

The fairest votary took up that fire

Which many legions of true hearts had warm'd;

And so the general of hot desire

Was, sleeping, by a virgin hand disarm'd.

用她的处女手把那曾经点燃

无数颗爱心的火炬拿到一旁；

如今那爱情之火的指挥者在酣眠，

竟被贞女的素手解除了武装。

　　严格说来，宁芙是半人半神的存在，通常双亲中至少有一方为天神，希腊神话中通常将之翻译成"水泽神女"，她们往往是男性欲望的对象，其中许多也与天神或凡人频频发生风流韵事并且生下著名的后裔。在莎士比亚出生前十五年去世的帕拉塞尔苏斯（Paracelsus）那里，他们是一种元素精灵（《论宁芙、树精、地精、火精和其他精灵》）。[1] 但在此诗的语境中，诗人反复强调了宁芙的贞洁，"许多起誓守贞的宁芙"（many nymphs that vow'd chaste life to

[1] 该论文以拉丁文写成，原标题为 *De nymphis, sylphis, pygmies et salamandris et caeteris spiritibu*s，英文版收录于 *Four Treatises of Theophrastus von Hohenheim called Paracelsus* (trans. Henry E. Sygerist), pp. 223–53.

keep）、"其中最美丽的贞女"（fairest votary）、"被一只处女的手解除了武装"（by a virgin hand disarm'd）等表达都指向这一点。然而，"贞洁"传统上并不是宁芙的属性，而是商籁第153首中月神狄安娜和她的侍女的属性。换句话说，诗人将两首诗中的窃火者等同起来，取消了宁芙与月神侍女在神话中的本质差别。他在本诗中要强调的是，世间风流韵事的始作俑者，间接夺走了无数处女的贞操的丘比特，这位"火热欲望的将军"（general of hot desire），恰恰是被童贞女卸除了武装，仿佛遭到了世间一切在爱情中失去贞操的女子的报复——第5行中的 votary 尤其指宣誓终生守贞的女祭司（最著名的是古罗马维斯塔贞女）。

商籁第154首的神话部分比上一首诗更完整，从第1行到第10行前半部分，占据了全诗的一大半篇幅，而半寓意半历史人物的"我"要到第10行后半部分才登场，并且一出场就被称作"我情妇的奴隶"（my mistress' thrall）。商籁第153首最终给出了"我"相思病的药方：不在温泉里，而在情妇的双眼中。第154首则根本没有给出有效的处方，只说"我"为了治病来到被偷走的火炬点沸的温泉边，却只是证明了一件事，这件事在最后一行中以箴言表达："爱火能加热泉水，泉水冷却不了爱。"

This brand she quenched in a cool well by,

Which from Love's fire took heat perpetual,

Growing a bath and healthful remedy,

For men diseas'd; but I, my mistress'thrall,

她把火炬熄灭在近旁的冷泉中，

泉水从爱火得到永恒的热力

就变成温泉，对人间各种病痛

都有灵效；但是我，我情人的奴隶，

Came there for cure and this by that I prove,

Love's fire heats water, water cools not love.

也去求治，把道理看了出来：

爱火烧热泉水，泉水凉不了爱。

　　一些学者认为这两首商籁中被爱神的火炬点沸的温泉（bath）是指拥有巨大的古罗马浴场遗址的英国城市巴斯（Bath），该城在莎士比亚时期就以其仍在使用的温泉成为著名的疗养胜地。不过，更可能的情况是，此处的bath来自神话与象征，因为火炬的形状与阳具相似，爱神燃烧的火炬也就是男性性欲的一个象征（火元素被看作是阳性的），必须在女阴形状的温泉中"洗浴"（bath）才能"熄火"（quench，水元素被看成是阴性的）。只是"我"在第154首最后一行中否认了"温泉"的熄火功能：爱之火能加热水，水却不能冷却爱。这也是对阴阳交融、两情相悦的一个委婉表达。

整本《莎士比亚十四行诗集》最后一首商籁的最后一组对句其实并不押韵（prove 与 love），只是"视觉上"押韵。这种情况在十四行诗集中并非第一次出现，一般认为诵诗者会调整自己的发音去人为地变不押韵为押韵（比如将 love 发成 loove），但对今日的朗读者而言这并非必须。

以丘比特为主角的阿那克里翁式小品诗在文艺复兴时期的英国很常见，算不得莎士比亚的彰显原创性之作。在莎士比亚的同时代诗人理查德·林奇（Richard Linche）约写于 1596 年的《蒂拉：一些十四行诗》（*Diella: Certaine Sonnets*）中，第 18 首同样从丘比特的一则轶事开始（丘比特被维纳斯鞭打并从母亲身边逃开），然后一个半寓意半历史的"我"参与到神话领域中来，出于同情，邀请这"小男孩"住进自己的家；丘比特却恩将仇报，"在我心中激起了野蛮的纷争"，使"我"为了爱情形神俱毁。这个通过十四行诗讲述的"农夫与蛇"的故事，在表现手法和人物建置上，与莎氏的最后两首商籁都有可对参之处。

Diella: Certaine Sonnets to (Sonnet 18)

Richard Linche

Cupid had done some heinous act or other,

that caused Idalea whip him very sore.

The stubborn boy away runs from his mother,

protesting stoutly to return no more.

By chance, I met him; who desired relief,

and craved that I some lodging would him give.

Pitying his looks, which seemed drowned in grief,

I took him home; there thinking he should live.

But see the Boy! Envying at my life

(which never sorrow, never love had tasted),

He raised within my heart such uncouth strife,

that, with the same, my body now is wasted.

By thankless LOVE, thus vilely am I used!

By using kindness, I am thus abused.

蒂拉：一些十四行诗（商籁第 8 首）

理查德·林奇

丘比特做了这桩或那桩坏事，
促使伊达丽娅[1]挥鞭狠狠揍他。
那顽固的男孩从母亲那里逃离，
大声赌咒说再也不会回家。

我巧遇他，他渴望休憩，
希求我为他提供某个下榻处。
看他样子可怜，似在悲伤中沉溺，
我带他回家；想他该在那里居住。

可是看那男孩！嫉妒我的生活
（从未尝过悲伤，也未尝过爱情），
他在我心里激起了野蛮的纷争，
我的身体也因它憔悴消损。

　　我被卑鄙地利用了，忘恩负义的爱神！
　　因为施加善意，我却被凌虐至深。

（包慧怡 译）

---

1 即维纳斯。

《三名宁芙与风景中斜倚的丘比特》，祖基
（Antonio Zucchi），约 1772 年

结　语

　　莎士比亚的十四行诗站在"独身一人时对自己说的话"式的、属于私人生活文类的现代抒情诗的起点处。比起依靠叙述人物行动，这些商籁更多地依靠可信的声调和迫切的语气，来塑造诗人经验过或只是想象与渴望的情感之情境，"诗歌设计与另一个人的关系网时，它所抛出的细丝……搭住隐逸在所有诗歌呼语里的'某处'（或某人）。召唤出的语气不仅刻画了说话者，还刻画了他与倾听者的关系，于纸上创造出他们之间联系的性质"[1]。

　　与此同时，诗歌会通过诗人对特定隐喻、意象、句式的选择，及其笔下不断重现的关注对象，为诗人的心智提供一幅高度专门化的肖像。作为这幅不再如戏剧中戴着假面的、持续完成中的自画像的作者，莎士比亚为"自我"立传和赋形的过程，也是他不断探索、获得和解放潜藏的诗性声音的过程。这声音既个人又普世，既智性又日常，既关乎瞬间的存在经验又处理悠久的集体记忆，在由 154 首十四行诗共同组成的诗之花园中，诗人持续谱写着抒情叙事的隐秘乐章。

1　海伦·文德勒，《看不见的倾听者》，第 13 页。

不妨再来回顾一下《仲夏夜之梦》第五幕第一场中，莎士比亚借忒修斯之口对诗人的工作性质的描述。他说诗人正如恋人，是被幻想赋能的灵视者、乘想象力的翅膀翱翔于天地之间的漫游者：

The poet's eye, in a fine frenzy rolling,

Doth glance from heaven to earth, from earth to heaven;

And as imagination bodies forth

The forms of things unknown, the poet's pen

Turns them to shapes, and gives to aery nothing

A local habitation and a name.

诗人的眼睛在神奇的狂放的一转中，便能从天上看到地下，从地下看到天上。想象会把不知名的事物用一种形式呈现出来，诗人的笔再使它们具有如实的形象，空虚的无物也会有了居处和名字。

这也可以看作莎士比亚为其作品中的异类、写完十年方迟迟出版的十四行诗集赋予的正当性。"诗人的笔再使它们具有如实的形象，空虚的无物也会有了居处和名字"——与不具名者和不如实者之间的私语，是同一个更好的世界中"理应所是"的伦理关系的私语，与宽容、可能性和未来的私语，与人类心灵的无限潜能之间的私语。

约作于 1611 年的传奇剧《暴风雨》被看作莎士比亚生前最后一部完整的戏剧，完成该剧后，47 岁的莎士比亚退隐至家乡斯特拉福镇，开始了平静的英国乡绅生活，直到 1616 年与世长辞。《暴风雨》这部糅合了民间故事、悲剧、喜剧、罗曼司因素的作品是莎士比亚最迷人的剧本之一，包含着一些用英语写下的最好的诗行。我们可以把第四幕第一场中大魔术师普洛斯佩罗的独白，看作莎士比亚个人戏剧生涯的谢幕辞，也是对其诗歌艺术的最后道别：

Prospero:

Our revels now are ended. These our actors,

As I foretold you, were all spirits and

Are melted into air, into thin air:

And, like the baseless fabric of this vision,

The cloud-capp'd towers, the gorgeous palaces,

The solemn temples, the great globe itself,

Yea, all which it inherit, shall dissolve

And, like this insubstantial pageant faded,

Leave not a rack behind. We are such stuff

As dreams are made on, and our little life

Is rounded with a sleep.

普洛斯彼罗：我们的狂欢已经终止了。我们的这一些演员们，我曾经告诉过你，原是一群精灵；他们都已化成淡烟而消散了。如同这虚无缥缈的幻景一样，入云的楼阁、瑰伟的宫殿、庄严的庙堂，甚至地球自身，以及地球上所有的一切，都将同样消散，就像这一场幻景，连一点烟云的影子都不曾留下。构成我们的料子也就是那梦幻的料子；我们的短暂的一生，前后都环绕在酣睡之中。

（朱生豪 译）

普罗斯佩罗：
热闹场结束了。我们的这些演员，
我有话在先，原都是一些精灵，
现在都隐去了，变空无所有，
正像这一场幻象的虚无缥缈，
高耸入云的楼台、辉煌的宫阙、
庄严的庙宇、浩茫的大地本身、
地面的一切，也就会云散烟消，
也会像这个空洞的洋洋大观，
不留一丝的痕迹。我们就是
梦幻所用的材料，一场睡梦
环抱了短促的人生。

（卞之琳 译）

但愿这本书的结束，意味着更多以莎士比亚为线头的洋洋大观世界的开启。即使"构成我们的料子也就是那梦幻的料子"，至少在细读莎士比亚的过程中，在咀嚼其诗句来为我们的存在对表的过程中，我们可以试着决定在这"前后都环绕在酣睡之中"的短暂人生里，自己要做些什么样的梦。

《普洛斯佩罗与爱丽尔》，汉密尔顿（William
Hamilton），1797 年

参考文献

Acheson, Arthur. *Shakespeare and The Rival Poet; Displaying Shakespeare as a Satirist and Proving the Identity of the Patron and the Rival of the Sonnets,* London: John Lane, 1903.

Ackerman, Diane. *A Natural History of the Senses*, New York: Vintage Books, 1990.

Ackroyd, Peter. *Shakespeare: The Biography.* London: Vintage, 2006.

Alan of Lille. *The Plainte of Nature.* Trans. James J. Sheridan. Toronto: Pontifical Institute of Medieval Studies, 1980.

Alighieri, Dante. *The Divine Comedy.* Trans. C. H. Cisson. Oxford: Oxford University Press, 2008.

Ambrosio, Francis J. *Dante and Derrida: Face to Face.* Albany: State Universtiy of New York Press, 2007.

Andrew, Malcolm, and Ronald Waldron, eds. *The Poems of the Pearl Manuscript: Pearl, Cleanness, Patience, Sir Gawain and the Green Knight.* 5th edition. Exeter: University of Exeter Press, 2007.

Atkins, Carl D., ed. *Shakespeare's Sonnets with Three Hundred Years of Commentary.* Madison, New Jersey: Fairleigh Dickinson University Press, 2007.

Auerbach, Erich. *Mimesis: The Representation of Reality in Western Literature.* Trans. Willard R. Trask. Princeton: Princeton University Press, 1953.

Augustine. *The Trinity.* Trans. Stephen McKenna. Washington, DC: Catholic University of America Press, 1970.

Bachelard, Gaston. *The Poetics of Space.* Trans. Maria Jolas. New York: Orion Press, 1964.

Bao, Huiyi. "Allegorical Characterization in William Dunbar's *The Golden Targe*". *Journal of East-West Thought* (2018, Autumn), pp. 5-17.

Bao, Huiyi. *Shaping the Divine: The* Pearl*-Poet and the Sensorium in Medieval England.* Shanghai: Shanghai Academy of Social Science Press, 2018.

Bate, Jonathan. *The Genius of Shakespeare.* New York: Oxford University Press, 1998.

Bate, Johnathan. *Shakespeare and Ovid.* Oxford: Oxford University Press, 1993.

Bate, Jonathan. *Soul of the Age: The Life, Mind and World of William Shakespeare.* London: Viking, 2008.

Battistini, Matilde. *Astrology, Magic and Alchemy in Art.* Trans. Rosanna M. Giammanco Frongia, Los Angeles: Getty Publications, 2007.

Benson, Larry D., ed. *The Riverside Chaucer.* 3rd edition. Oxford: Oxford University Press, 2008.

Bernard of Clairvaux. *Bernard of Clairvaux, Selected Works.* Trans. G. R. Evans. New York: Paulist Press, 1987.

Black, Joseph, ed. *The Broadview Anthology of British Literature.* Calgary: Broadview Press, 2011.

Bloomfield, Morton W. *The Seven Deadly Sins: An Introduction to the History of a Religious Concept, with Special Reference to Medieval English Literature.* Michigan: State College Press, 1957.

Booth, Stephen, ed. *Shakespeare's Sonnets.* Rev. edition. New Haven: Yale Nota Bene, 2000.

Borroff, Marie, trans. *The Gawain Poet: Complete Works: Sir Gawain and the Green Knight, Patience, Cleanness, Pearl, Saint Erkenwald.* New York: W. W. Norton & Company, 2011.

Brotton, Jerry. *The Sultan and the Queen: The Untold Story of Elizabeth and Islam.* London: Viking, 2016.

Bryson, Bill. *Shakespeare: The World as Stage.* London: Harper Collins, 2008.

Burrow, Colin, ed. *The Complete Sonnets and Poems.* Oxford: Oxford University Press, 2002.

Cassian, John. *Collationes.* Ed. Michael Petschenig. Vienna: Austrian Academy of Sciences, 2004.

Chapman, George, trans. *Chapman's Homer: The Iliad and the Odyssey.* London: Wordsworth Editions, 2000.

Chenu, M. D. *Nature, Man, and Society in the Twelfth Century: Essay on New Theological Perspectives in the Latin West.* Trans. Jerome Taylor and Lester K. Little. Chicago: University of Chicago Press, 1968.

Colish, Marcia L. *Medieval Foundations of the Western Intellectual Tradition: 400-1400.* New Haven: Yale University Press, 1997.

Coogan, Michael, ed. *The New Oxford Annotated Bible: New Revised Standard Version with the Apocrypha.* 4th edition. Oxford: Oxford University Press, 2010.

Curtius, R. Ernst. *European Literature and the Latin Middle Ages.* Trans. Willard R. Trask. Princeton: Princeton University Press, 1991.

Derrida, Jacques. *Memoirs of the Blind, The Self-Portrait and Other Ruins.* Trans. Pascal-Anne Brault and Michael Naas. Chicago: University of Chicago Press, 1993.

Detienne, Marcel. *The Gardens of Adonis: Spices in Greek Mythology.* Trans. Janet Lloyd. Princeton University Press, 1994.

Dickinson, Emily. *The Manuscript Books of Emily Dickinson.* Ed. R. W. Franklin. Cambridge & London: Belknap Press of Harvard University Press, 1981.

Drogin, Marc. *Anathema! Medieval Scribes and the History of Book Curses*. Totowa, NJ: Allanheld & Schram, 1983.

Duffy, Eamon. *The Stripping of the Altars: Traditional Religion in England c.1400-c.1580*. 2nd edition. New Haven: Yale University Press, 2005.

Duncan, Thomas G, ed. *Late Medieval English Lyrics and Carols, 1400-1530*. Harmondsworth: Penguin Books, 2000.

Duncan-Jones, Katherine, ed. *Shakespeare's Sonnets*. The Arden Shakespeare, Third Series (Rev. edition). London: Bloomsbury, 2010.

Duncan-Jones, Katherine, ed. *Sir Philip Sidney: The Major Works including "Astrophil and Stella"*. Oxford: Oxford University Press, 1989.

Edmondson, Paul and Stanley Wells, eds. *All the Sonnets of Shakespeare*. Cambridge: Cambridge University Press, 2020.

Ellmann, Richard. *Yeats: The Identity of Yeats*. London: Faber & Faber; New York: Oxford University Press, 1954.

Evans, G. Blakemore, ed. *The Sonnets. The New Cambridge Shakespeare*. Cambridge: Cambridge University Press, 1996.

Fineman, Joel. *Shakespeare's Perjured Eye: The Invention of Poetic Subjectivity in the Sonnets*. Berkeley: University of California Press, 1986.

Fulk, R. D. et al., eds. *Klaeber's Beowulf and the Fight at Finnsburg*. 4th edition. Toronto: University of Toronto Pres, 2008.

Gardner, Helen. *Metaphysical Poets*. London: Oxford University Press, 1957.

Gerard, John, et al. *The Herball: Or, Generall Historie of Plantes*. Retrieved from the Library of Congress, <http://www.loc.gov/item/44028884/>.

Greenblatt, Stephen, ed. *The Norton Anthology of English Literature*. 9th edition. New York: W. W. Norton & Company, 2012.

Greenblatt, Stephen, et al. *The Norton Shakespeare*. W. W. Norton & Company, 1997.

Greenblatt, Stephen. *Will in the World: How Shakespeare Became Shakespeare*. London: W. W. Norton & Company, 2004.

Greenfield, Stanley. "The Old English Elegies." *Hero and Exile: The Art of Old English Poetry.* Ed. George Hardin Brown. London: Hambledon, 1989, pp.93-124.

Hardie, Philip, ed. *The Cambridge Companion to Ovid.* Cambridge: Cambridge University Press, 2016.

Heaney, Seamus, trans. *Beowulf: A New Verse Translation.* London: Faber & Faber, 2007.

Heninger, S. K. Jr. *Touches of Sweet Harmony: Pythagorean Cosmology and Renaissance Poetics.* San Marino: Huntington Library, 1974.

Hesiod. *Theogony, Works and Days, Testimonia.* Loeb Classical Library 57. Cambridge, MA: Harvard University Press, 2006.

Hippocrates. *Hippocratic Writings.* Trans. J. Chadwick and W. N. Mann. Ed. G. E. R. Lloyd. London: Penguin Books, 1983.

Hirsh, John, ed. *Medieval Lyrics: Middle English Lyrics, Ballads and Carols.* Oxford: Blackwell, 2005.

Horace. *Odes and Epodes.* Loeb Classical Library 33. Ed and trans. Niall Rudd. Cambridge, MA: Harvard University Press, 2004.

Huizinga, Johan H. *The Waning of the Middle Ages: A Study of the Forms of Life, Thought, and Art in France and the Netherlands in the Fourteenth and Fifteenth Centuries.* Trans. F. Hopman. Harmondsworth: Penguin Books, 1965.

Jeffery, David Lyle, ed. *A Dictionary of Biblical Tradition in English Literature.* Grand Rapids: Wm. B. Eerdmans Publishing Co., 1992.

Julian of Norwich. *The Showings of Julian of Norwich.* Ed. Denise N. Baker. New York: Norton, 2005.

Kaston, David Scott. *Shakespeare and the Book.* Cambridge: Cambridge University Press, 2001.

Kerrigan, John, ed. *The Sonnets; and, A Lover's Complaint.* New Penguin Shakespeare (Rev. edition). London: Penguin Books, 1995.

Kingsley-Smith, Jane. *The Afterlife of Shakespeare's Sonnets.* Cambridge: Cambridge University Press, 2019.

Klinck, Anne. "The Old English Elegy as a Genre". *English Studies in Canada* 10 (June 1984): 130.

Landry, Hilton. *Interpretations in Shakespeare's Sonnets: The Art of Mutual Render.* Berkeley: University of California Press, 1963.

Le Goff, Jacques. *The Medieval Imagination.* Trans. A. Goldhammer. Chicago: University of Chicago Press, 1992.

Ledger, G. R., ed. *Shakespeare's Sonnet.* http://www.shakespeares-sonnets.com.

Lewis, C. S. *The Allegory of Love: A Study in Medieval Tradition.* Oxford: Oxford University Press, 1936.

Lewis, C. S. *The Discarded Image: An Introduction to Medieval and Renaissance Literature.* Cambridge: Cambridge University Press, 1964.

Lewis, C. S. *English Literature in the Sixteenth Century, Excluding Drama.* Oxford: Oxford University Press, 1954.

Lewis, C. S. *Studies in Medieval and Renaissance Literature.* Cambridge: Cambridge University Press, 1966.

Luria, Maxwell and Richard Hoffman, eds. *Middle English Lyrics.* New York: Norton, 1974.

Mause, Marcel. *On Prayer: Text and Commentary.* Trans. Susan Leslie. Ed and intr. W. S. F. Pickering. Oxford: Durkheim Press, 2003.

Marsden, Richard, ed. *The Cambridge Old English Reader.* Cambridge: Cambridge University Press, 2004.

McGinn, Bernard. *The Growth of Mysticism: Gregory the Great through the 12th Century.* New York: Crossroad, 1994.

McLean, Teresa. *Medieval English Gardens.* New York: Dover, 2014.

Middle English Dictionary: https: //quod.lib.umich.edu/m/middle-english-dictionary.

Mooney, Linne. "Chaucer's Scribe". *Speculum* 81 (2006): 97–138.

Mowat, Barbara A. and Paul Werstine, eds. *Shakespeare's Sonnets and Poems.* Folger Shakespeare Library. New York: Washington Square Press, 2006.

Newhauser, Richard. *A Cultural History of the Senses in the Middle Ages.* London: Bloomsbury, 2014.

Onions, C. T. *A Shakespeare Glossary.* Oxford: Oxford University Press, 1965.

O'Nell, Michael. *The Cambridge History of English Poetry.* Cambridge: Cambridge University Press, 2010.

Orgel, Stephen, ed. *The Sonnets. The Pelican Shakespeare.* Rev. edition. New York: Penguin Books, 2001.

Ovid. *Metamorphoses.* Trans. A. D. Melville. Oxford: Oxford University Press, 2008.

Paracelsus. *Four Treatises of Theophrastus von Hohenheim called Paracelsus.* Trans. Henry E. Sygerist. Baltimore, MD: Johns Hopkins University Press, 1941.

Partridge, Eric. *Shakespeare's Bawdy.* London: Routledge, 1947.

Petrarch, Francesco. *Canzoniere.* Trans. Mark Musa. Bloomington: Indiana University Press, 1999.

Phillips, Helen and Nick Havely, eds. *Chaucer's Dream Poetry.* London: Longman, 1997.

Ramsey, Paul. *The Fickle Glass: A Study of Shakespeare's Sonnets.* New York: AMS Press, 1979.

Rolfe, W. J. *"Who was the Rival Poet".* Shakespeare's Sonnets. Ed. W. J. Rolfe. New York: American Book Company, 1905.

Roob, Alexander. *Alchemy and Mysticism.* Taschen: Köln, 2006.

Schoenbaum, Samuel. *Shakespeare's Lives.* Oxford: Oxford University Press, 1991.

Schoenfeldt, Michael, ed. *A Companion to Shakespeare's Sonnets.* Oxford: Blackwell Press, 2007.

Sidney, Philip. *The Poems of Sir Philip Sidney.* Ed. William A. Ringler. Oxford University Press, 1962.

Tacitus. Agricola, *Germania, Dialogus.* Loeb Classical Library 35. Cambridge, MA: Havard University Press, 1914.

Vendler, Helen. *The Art of Shakespeare's Sonnets.* Cambridge, MA: Harvard University Press, 1999.

Vendler, Helen. *The Invisible Listener: Lyric Intimacy in Herbert, Whitman, and Ashbery.* Princeton: Princeton University Press, 2005.

Vendler, Helen. *Poems, Poets, Poetry*: *An Introduction and Anthology.* 2nd edition. Boston and New York: Bedford Books, 2002.

Virgil. *The Aeneid.* Trans. Frederick Ahl. Oxford: Oxford University Press, 2007.

Weisman, Karen, ed. *The Oxford Handbook of the Elegy.* Oxford: Oxford University Press, 2012.

Wells, Stanley and Michael Dobson, eds. *The Oxford Companion to Shakespeare.* Oxford: Oxford University Press, 2001.

Wells, Stanley et al. *William Shakespeare: A Textual Companion.* Oxford: Oxford University Press, 1997.

Wilde, Oscar. *Lord Arthur Savile's Crime and Other Stories.* London: Penguin Books, 1994.

Wilson, John Dover, ed. *The Works of Shakespeare.* Cambridge: Cambridge University Press, 1969.

Wood, Michael. *In Search of Shakespeare.* London: BBC Books, 2007.

Wordsworth, William. *Poetical works, With a Memoir.* Boston: Houghton Mifflin, 1854.

Yeats, William Butler. *W. B. Yeats: The Poems.* Ed. and intr. Daniel Albright. London: Everyman's Library, 1992.

阿尔蒂尔·兰波,《兰波作品全集》,王以培译, 北京:作家出版社, 2011 年。

阿奇博尔德·盖基,《莎士比亚的鸟》,李素杰译,北京:商务印书馆,2017年。

安东尼·伯吉斯,《莎士比亚》,刘国云译,桂林:广西师范大学出版社,2015年。

奥维德,《爱经·女杰书简》,戴望舒、南星译,长春:吉林出版集团有限责任公司,2011年。

奥维德,《罗马爱经》,黄建华、黄迅余译,上海:上海文艺出版社,2016年。

奥维德、贺拉斯,《变形记·诗艺》,杨周翰译,上海:上海人民出版社,2016年。

包慧怡,《没药树的两希旅程——从阿多尼斯的降生到巴尔塔萨的献礼》,《书城》2021年第3期,第76—82页。

包慧怡,《缮写室》,上海:华东师范大学出版社,2018年。

包慧怡,《〈亚瑟王之死〉与正义的维度》,《上海文化》2011年第6期,第99—110页。

包慧怡,《中古英语抒情诗的艺术》,上海:华东师范大学出版社,2021年。

包慧怡,《中世纪文学中的触觉表述:〈高文爵士与绿衣骑士〉及其他文本》,《外国文学研究》2018年第3期,第153—164页。

C. S. 刘易斯,《中世纪的星空》,包慧怡译,《上海文化》2012年第3期,第85—93页。

戴维·斯科特·卡斯顿,《莎士比亚与书》,郝田虎、冯伟译,北京:商务印书馆,2012年。

但丁,《神曲·炼狱篇》,黄国彬译注,北京:外语教学与研究出版社,2009年。

但丁,《神曲·地狱篇》,黄文捷译,南京:译林出版社,2021年。

恩斯特·R. 库尔提乌斯斯,《欧洲文学与拉丁中世纪》,林振华译,杭州:浙江大学出版社,2017年。

格雷姆·霍德尼斯,《莎士比亚的九种人生》,孟培译,哈尔滨:黑龙江教育出版社,2018年。

海伦·文德勒，《看不见的倾听者：抒情的亲密感之赫伯特、惠特曼、阿什伯利》，周星月、王敖译，桂林：广西师范大学出版社，2019 年。

荷马，《奥德赛》，陈中梅译注，南京：译林出版社，2003 年。

荷马，《伊利亚特》，陈中梅译注，南京：译林出版社，2000 年。

赫西俄德，《工作与时日·神谱》，张竹明、蒋平译，北京：商务印书馆，2009 年。

胡家峦，《历史的星空：文艺复兴时期英国诗歌与西方传统宇宙论》，北京：北京大学出版社，2018 年。

加斯东·巴什拉，《空间的诗学》，张逸婧译，上海：上海译文出版社，2013 年。

卡图卢斯，《卡图卢斯〈歌集〉拉中对照译注本》，李永毅译注，北京：中国青年出版社，2008 年。

陆谷孙，《莎士比亚研究十讲》，上海：复旦大学出版社，2005 年。

玛格丽特·威尔斯，《莎士比亚植物志》，王睿译，北京：人民文学出版社，2018 年。

马塞尔·莫斯：《论祈祷》，蒙养山人译，北京：北京大学出版社，2013 年。

迈克尔·伍德，《莎士比亚是谁》，方凡译，杭州：浙江大学出版社，2014 年。

乔叟，《坎特伯雷故事集》，黄杲炘译，南京：译林出版社，1999 年。

斯蒂芬·格林布拉特，《俗世威尔——莎士比亚新传》，辜正坤、邵雪萍、刘昊译，北京：北京大学出版社，2007 年。

塔西佗，《阿古利可拉传·日耳曼尼亚志》，马雍、傅正元译，北京：商务印书馆，2011 年。

谈瀛州，《莎评简史》，上海：复旦大学出版社，2005 年。

维吉尔，《牧歌》，党晟译注，桂林：广西师范大学出版社，2017 年。

维吉尔，《埃涅阿斯纪》，杨周翰译，南京：译林出版社，1999 年。

威廉·华兹华斯，《华兹华斯诗选》，杨德豫译，上海：外语教学与研究出版社，2016 年。

威廉·莎士比亚，《莎士比亚十四行诗》，梁宗岱译，刘志侠校注，上海：华东师范大学出版社，2016 年。

威廉·莎士比亚，《莎士比亚戏剧集》（全八册），朱生豪译，呼和浩特：内蒙
　　古人民出版社，2004 年。

威廉·莎士比亚，《莎士比亚叙事诗·抒情诗·戏剧》，屠岸译，哈尔滨：北方
　　文艺出版社，2019 年。

威廉·莎士比亚，《莎士比亚叙事诗：维纳斯与阿董尼》，方平译，上海：上海译
　　文出版社，1985 年。

威廉·莎士比亚，《维纳斯与阿都尼》，张谷若译，《莎士比亚全集·十一》，北
　　京：人民文学出版社，1978 年。

翁贝托·埃科，《玫瑰的名字》，沈萼梅、刘锡荣译，上海：上海译文出版社，
　　2010 年。

翁贝托·埃科，《玫瑰的名字注》，王东亮译，上海：上海译文出版社，2010 年。

西德尼·比斯利，《莎士比亚的花园》，张娟译，北京：商务印书馆，2017 年。

约翰·但恩，《英国玄学诗鼻祖约翰·但恩诗集》，傅浩译，北京：北京十月文
　　艺出版社，2006 年。

约翰·弥尔顿，《失乐园》，朱唯之译，上海：人民文学出版社，2019 年。

查良铮，《穆旦译文集》（第四卷），北京：人民文学出版社，2005 年。